KB157418

나의 눈물이 그대에게 가 닿기를

허윤경 지음

Chapter 1.

나와 같은 오늘을 살아 냈다면

Chapter 2.

엄마로 살아가는 것은

Chapter 3.

그럼에도 그대를 살게 하는 것이 있기에

Chapter 4.

주저앉을 수는 없잖아요

Chapter 5.

그대에게 건네는 나의 진심

추천사
- 슬퍼하며 위로 할 시간이 필요한 때입니다

프롤로그에 이어 마주한 작가님의 글은 충격 그 자체였습니다. 예상하지 못했기에 읽으면 읽을수록 더 무너져 내렸습니다. 애써 외면하던 내면을 건드린 작가님의 목소리는, 이 책을 가까이하게 하는 힘이었습니다.

외면한 시간이 길어서일까요. 몰랐다고 인식했던 것 같습니다. 지옥이 내 안에 있었던 것을요. 정말 그랬습니다. 누가 밀어 넣은 것도 아니고 내가 내 발로 들어간 지옥이라는 걸 깨닫는 순간 마치 판도라의 상자가 열린 것처럼, 현실을 피해 깊숙이 밀어 넣어두었던 감정들이 마그마가 솟구치듯 터져 오르더군요. 인정합니다. 저 역시 그랬습니다. "그만 구해 주고 싶고, 그만 벌주고 싶고."

책의 흐름에 따라 치기 어린 젊은 날을 떠올려 봅니다. 꿈과 이상을 그리던 20대, 사랑이 전부이던 시절, 삶 전반을 지배하던 내면의 감정, 이 모든 것들을 나이가 들며 자꾸만 숨겼습니다. 결혼 후 두 아이를 낳고 30대가 되어서는 감정을 드러내는 것이 죄스러운 상황이 많았기에, 때로는 오히려 약점이 되어 나와 가족을 공격하는 그것들을 최대한 드러내지 않고 사는 것이 어른으로서 엄마로서 의젓한 것인 줄 알았습니다. 그래서 그런지 점점 더 감정을 숨기고 이성과 논리를 추구하며 분석적으로나, 계획적으로, 참 그렇게 치열하게 살았습니다. 돌아볼 여력이 없었지요. 돌아보아서는 절대 안 됩니다. 아직 키워내야 할 자식들이 있고, 살아내야 할 현실이 구만리니까, 더 잘 돼야 하고 그러려면 내가 더 잘해야 하니까.

더 이상 실수할 수 없다, 더 이상 뒤처질 수 없다는 생각으로 삶을 살았습니다. 그래서인지 최고의 가성비, 최고의 효율성을 찾아 더 따지고 기준을 높게 세웠습니다. 나를 괴롭게 하는 것은 나 자신이었다는 것을 … 책을 읽으며 예고 없이 치유 받고 하염없이 울었습니다. 책을 읽고 이렇게 울어 본 것이 언제였나, 돌이켜 보니 거의 20년의 세월입니다.

"괜찮아? 그랬구나. 힘들었겠다." 작가님은 저에게 이렇게 말해주었습니다.

허윤경 작가님의 소망처럼, 어머니의 기도처럼, 그리고 이 책의 제목처럼, 작가님의 눈물이 저에게 와 닿았습니다. 그 눈물로 작가님과 저는 '우리'가 되고 시공간을 초월한 공감을 형성했습니다. 진심으로 기도합니다. 더 많은 독자에게 작가님의 눈물이 가 닿기를…

24.04. 27 by 엉겅퀴 작가

'이 책은 감정 표현의 전달을 위하여 문법적 오류를 일부 허용하였습니다.'

프롤로그

많은 사람들이 아이를 사랑했습니다. 예뻐했고, 귀하게 여겼지요. 하지만 아이는 세상 모든 사람에게 미움 받고 있다고 오해했습니다. 늘 주눅 들어 있었고, 자신감이 부족했습니다. 아홉이 사랑이었고 하나가 미움이었지만, 그 하나는 아이에게 전부였지요. 어렸지만 그 하나 미움의 크기가 작지 않음을 아이는 알고 있었습니다.

'계집애'라는 그림자가 늘 따라다녔고, 아이는 그 그림자 뒤에 꽁꽁 숨어 버렸습니다. 분명 잘못한 게 없는데 큰 잘못을 저지른 것처럼 살았습니다. 최대한 눈에 띄지 않도록, 조용히, 없는 듯. 아무도 그렇게 살아야 한다고 강요하지 않았지만, 미움의 크기가 더 자라거나 늘어나지 않았으면 하는 아이의 최선이었습니다.

미움받지 않으려 배려했고, 말을 아꼈습니다. 그런 아이에게 되려 애 어른 같다며 징그럽다, 얄밉다 하기도 했고, 속마음을 드러내지 않는다고 음흉하다 하기도 했습니다. 누가 또 자신을 그러한 마음으로 대하는지 알기 위해 아이는 매사 눈치를 살펴야 했습니다. 미움받는 입장은 마음껏 감정을 드러낼 수 없었습니다. 그럼에도 아이는 자신을 위해 소리 내지 않았습니다. 마치 저주라도 받은 듯, 숙명인 듯 그랬습니다.

돕고 싶었습니다. 미움받는 또 다른 자신들을. 비슷한 처지의 또래들을 상담하는 봉사를 했고, 목적없이 길목에 서성이던 친구들을 집으로, 학교로 돌려보내려 했습니다. 그들에게 만큼은 친구가 되어주고, 따뜻함을 건네고 싶었습니다. 아이의 마음을 온전히 받은 또래들은 집으로 혹은 제자리로 돌아가기도 했습니다. 돌아갈 집이 없던 한 친구는 나쁜 행동들을 멈추고 일을 시작해 첫 월급을 받았다며, 고마움을 가득히 담은 손편지와 목걸이 선물을 전하기도 했습니다. 그들이 흔히 말하는 비행 행동을 멈추고 각자의 자리로 돌아갔을 때 아이는 또 다른 자신을 구원한 듯 벅차올랐습니다.

아이는 자신에게 향했던 미움들을 묵묵히 견뎌냈지만, 가족에게 쏟아지던 미움들에는 분노를 숨길 수 없었습니다. 불쑥 용기가 튀어나와 맞서 싸우기도 했고, 아프게 하지 말라고 소리 내기도 했습니다. 가족이 받는 부당함은 지나쳐지지도, 사그라지지도, 삼켜내지지도 않았습니다.

버릴 수 없었습니다. 아이와 가족에게 향했던 미움이 분노가 되었지만, 한 곳을 향해 쏟아지던 미움의 근원을 버릴 수는 없었습니다. 미움은 아이와 함께 자랐고, 가슴에 고이 담아져 분노로 커진 채 어른이 되었습니다. 분노는 담길 대로 담겨 '툭' 건드리면 터져버릴 것 같이 매 순간 아슬했습니다.

미움과 분노를 담은 마음은 벌을 받는 듯 했습니다. 오랜 시간 받은 그것이 부당했을 뿐인데 분노가 있던 삶은 미움을 건넨 이와 함께 벌을 받는 것처럼, 아이 자신도 고통스러웠습니다. 고통이 커질수록 억울했고 탓을 하며 아이의 분노는 더 커져갔습니다.

아이의 독기는 오로지 하나였습니다. 나라서 좋겠다는 마음으로, 나와 함께라서 부럽다는 마음으로, 미움이 가득했던 그 시절을 미안한 마음으로 만들겠다고. 어린아이를 성별 하나로 많은 순간 아프게도 쥐어박았던 하찮은 마음을 있는 힘껏 혼내고 싶었습니다. 때로는 그렇게 하고 싶은 간절함이, 꼭 대단한 무언가가 되어야 한다거나 좋은 사람이 되어야 한다는 강박을 만들기도 했습니다.

아이는 좋은 어른으로 성장하기 위해 오랜 시간 많은 애를 쓰며 살았습니다. 아니, 내 것을 다 내어주어야만 편해지는 바보가 되었고, 부당한 일들을 삼켜내어야 하는 모지리가 되었고, 아프게 상처 낸 사람들마저 끌어안으려 피눈물을 흘려야만 하는 어른이 되었습니다. 무슨 일이 있어도 좋은 사람이 되어야 한다는 강박이 만든 지나친 애씀이었습니다.

그냥 마음이 헤픈 사람이려니, 내줘야만 하는 성격이려니, 그렇게 태어났으니 그렇게 사는 것이 좋으려니 그랬습니다. 그런 사람이 되는 순간들을 만나면, 그들은 행복해했고, 기뻐했고, 감동받았습니다. 그런 그들의 모습을 보는 아이는 마치 또래들을 각자의 자리로 돌려보내며 또 다른 자신을 구원한 것 같던 그 벅참을 느꼈습니다.

아이는 성인이 되고 한참 더 어른이 되어서야 알았습니다. 좋은 사람이 되려 했던 모든 이유는 버릴 수 없었던 미움의 근원이었다는 것을. 누구에게나 좋은 사람이 되어서, 보여주고 싶었던 것입니다. 단 하나의 미움이 시작된 곳에.

인정받고 싶었습니다. 여자로 태어났어도 나는 꽤 괜찮은 사람이고, 필요한 사람이고, 함께하고 싶은 사람이라는 것을. 그런 사람이 되려고 매 순간 이를 악물고 노력했고, 그 노력을 들키지 않으려 지금도 애쓰며 살고 있습니다.

사랑받아 본 사람은 사랑을, 상처받아 본 사람은 상처 주는 방법을 압니다. 자신을 향했던 미움이 적어도 똑같은 상처로 또 누군가에게 향하게 되지 않기를, 자신이 그런 사람이 되지 않기를, 아이는 많은 날 기도했습니다.

결핍은 때로, 한없이 작아지고 약해지게 합니다. 움츠러들지 않도록, 상처가 패여서 흉터로 남지 않도록 아이는 더 많은 날을 애써야 할 것입니다.

결국 오랜 시간 괴롭게 했던 하나의 미움은 아이를 좋은 어른이 되게 했습니다. 비록, 마음을 솔직하게 내보이는 데에는 조심스럽고 서툴지만, 진심을 건넬 줄 아는, 배려하는, 상처 주지 않으려 노력하는 어른이 되었습니다.

애를 쓰며 살아야 할 더 많은 날 동안 아이가 늘 좋은 어른이기를. 언제나 묵묵히 응원하며, 아이는 오늘도 그대들을 위로하려 합니다.

이 책의 글들은 아이와 같은 오늘을 살아냈을 혹은 버텨냈을 또 다른 아이일 그대에게, 자신 역시 아직 그러한 삶이기에 내놓을 답은 없지만 그저 함께 울자고, 상처받은 마음을 서로 안아주자고, 나눠지지 않을 무게지만 함께 짊어져 보자는 글입니다.

함께함이 위로가 되기를. 아이가 흘렸던 모든 눈물의 진심이 그대에게 가 닿기를, 괜찮아 지기를 진심으로 바랍니다.

Chapter 1.

나와 같은 오늘을 살아 냈다면

지옥이 내 안에 있나 봐요.
누가 밀어 넣은 것도 아니고
나오지 못하도록 막는 것도 아닌데,
나갈 수가 없습니다.
아니, 의지가 없나 봅니다.

시작은 내 의지가 아니었겠지만
끝내지 못하는 건 분명, 내 의지입니다.
내 마음조차 뜻대로 되지 않습니다.

이제 그만, 구해주고 싶습니다.
그만 벌 주고 싶습니다.

- 허윤경 -

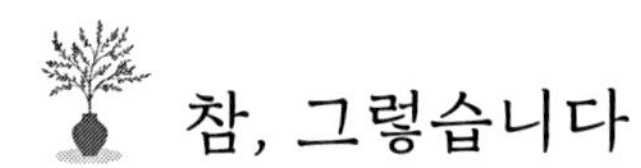

참, 그렇습니다

사랑 없는 결혼은 안 한다 우겼고 죽을 때까지 사랑하며 살 거라고 장담했습니다. 언제나 한결같이 사랑타령만 하는 철부지로 살고 싶었습니다. 왜 유독 그것에 집착했는지 잘 모르겠지만 물질은 조금 더 안정감 있는 삶을 줄 뿐, 행복의 전부가 되어서는 안된다고 믿었습니다.

욕심내지 않는다 했던 것이었지 한없이 부족해도 괜찮다는 건 아니었습니다. 굳이 하나만 골라야 한다면 사랑이라 했지만, 꼭 선택을 한다면 그것이 제일 우선에 있어야 한다는 것이었습니다. 사랑만 빼고 다 없어도 된다고 한 건 결코, 아니었습니다.

제일 우선에 두었던 사랑만 툭, 던져주고 나머지 것들은 다 앗아간 채, 그러고도 그것이 제일 우선이 되는지 마치 시험이라도 하듯 끊임없이 흔들어 댑니다. 그럼에도 그것이 제일인지 물어오는 것 같습니다. 답을 주어야 끝이 날지, 내가 틀렸다고 하면 더 이상 이렇게 세상에 혼자 던져진 채 모든 것을 겪어내지 않아도 되는지, 그럼에도 그것이 제일이라는 믿음이 틀리지 않았다고 말하면 더 깊은 웅덩이 속으로 내쳐질까요?

살아내 보니 예전만큼 힘 있게 말하지 못하겠습니다. 사랑이 제일이라고. 결혼이란, 물질이 더해지면 아름다운 사랑의 완성도가 높을 수 있음을 알게 했습니다. 힘이 실리지 못하는 현실이 안타깝지만, 내가 아니라면 그 어떤 누구도 이런 나를 이해해 줄 이가 없습니다. 세상에 물들고 싶지 않았고 물질을 따르고 싶지 않았지만, 그렇게 살아지지 않는 것이 인생이기도 했습니다.

하지만, 사랑을 쫓으며 살겠다 말했을 때 틀렸다 확신했던 이들에게 착각이었고 오만이었다는 말만큼은 하지 않게 어금니 앙다물고 살아 볼 겁니다. 그 말을 하지 않기 위해 얼마나 더 많은 순간 어금니를 앙다물어야 하는지 알 수는 없지만, 그럼에도 지지 않을 겁니다. 만약, 그 말까지 하게 된다면 정말 살아낼 힘을 다 잃을 것만 같기에.

그렇게 수많은 불운들에 얻어맞고도 아직 맷집이 생기지 않았나 봅니다. 때때마다 상처받고 아픈 걸 보니. 좋아질 리 없는 삶이라면 그것만으로도 살아내기에 벅차겠구나, 좀 봐줄 수는 없을까요, 그렇게 흔들어 대지 않아도 충분히 힘든 삶이겠구나 내버려 둘 수는 없을까요, 늪에 빠져들듯 애를 쓰면 쓸수록 어째 헤어 나올 수 없습니다. 그럼에도 허우적거림을 멈출 수 없는 내가 가여워 보이지는 않을까요?

참, 너무합니다. 참, 지독합니다. 참, 끈질깁니다.

그저 사랑 하나 했을 뿐인데

참 많은 것이 따라붙었습니다.

그것은 나를 살게도 혹은 버겁고 지치게도 합니다.

분명 후자의 비중이 비할 수 없이 크지만,

그럼에도 이 삶을 이어나가는 것은

나를 살게 하는 가장 큰 이유가

사랑이기 때문입니다.

\- 허윤경 -

휴직자가 될 줄이야

만 3살이 다 되도록 말을 하지 않던 첫째 아이의 발달이 예사롭지 않다고 판단한 어느 날, 휴직을 결심했습니다. 아무리 일 욕심이 넘쳤다지만 시기를 놓쳐 오랜 시간 눈물 삼켜내는 사람들을 주변에서 보기 어렵지 않았기에 더 늦으면 안 되겠다 판단했고, 때마침 출산 후 휴직 권고를 받아들이지 않고 복귀한 것에 대한 부당 인사로 승진에서도 누락되었기에 결정하는데 오랜 시간이 필요하지 않았습니다.

일하는 엄마로 아이가 자라면서 예쁘고 신비로운 모습들을 사진으로만 보는 것이 매번 아쉬웠는데 휴직 후 아이의 소소한 모든 일상을 직접 보고 들을 수 있는 행복이 대단하게 크다는 걸 알았습니다. 그대로 모든 것이 다, 좋았습니다. 다, 괜찮았습니다.

아이가 잠든 낮 시간 커피 한잔에 행복했고, 따스한 햇살에 산책할 때 아이와 나의 맞잡은 손의 닿음이 좋았고, 다음날 출근 걱정 없이 늦은 밤 아이와 춤추고 웃을 수 있음도 즐거웠고, 아픈 아이 곁에서 손잡아 주고 안아서 토닥일 수 있다는 것이 얼마나 감사한 일이었는지 모릅니다. 그렇게 아이와 많은 일상을 함께하며 그 안에서 엄마로만 살아가도 좋을 날들이었습니다.

하지만, 일이 주는 기쁨과 아이가 주는 기쁨은 너무나 다른 영역이었습니다. 육아는 행복과 지옥이 공존하는 그 어디쯤이었던 것 같습니다. 또래보다 발달이 늦다는 게 머리에서 떠나지 않았고 그것을 마치 해결해야만 하는 막중한 책임을 떠안은 듯한 무거움에 짓눌려 모두가 잠든 매일 밤 소리 내지 못하고 혼자 울먹였습니다.

아이는 다행히 말을 하기 시작했고 정상적으로 발달하기 시작했습니다. 그렇게 한숨 돌리고 나니, 잘 자라고 있는 아이 곁에 제자리에 머물러 있는 나 자신이 그렇게 한심해 보일 수 없었습니다. 그 와중에 둘째가 찾아왔고 기쁨보다 어떻게 살아야 할지 걱정이 앞서 막막하고 두려웠습니다.

30대 중반까지 제법 큰 기업에서 일했고 흔하지 않았던 업무 덕분에 나름 일에 대한 자부심이 대단했지만, 준비되지 못한 채 오로지 엄마로만 살아야 하면서 전부를 잃은 것 같은 나날이었습니다. 아이를 키우는 집은 치워도 치워도 어지럽혀졌고, 아침을 먹이고 나면 점심에 뭘 먹일지, 점심을 먹이면 저녁은 뭐 먹이나, 끼니 걱정에 하루를 다 보냈으며, 아이를 재우고 씻기고 먹이고 반복되는 일상 속에서 나 자신만 사라지는 것 같았습니다.

왜 나만 이렇게 다 내려놓아야 하는지, 일하고 싶고 인정받고 싶고 승진하고 싶은 욕심은 되려 그이보다 내가 더 컸던 것 같은데, 왜 나 혼자 이렇게 감당하지 못할 무게를 떠안고 매일을 눈물 속에 살고 있는지 하루하루가 지옥이었습니다.

둘째 아이 출산을 앞두고 복직이 어려울 것 같다며 휴직을 권고받았습니다. 그만둘 수는 없으니 받아들였고 그렇게 10년이 넘도록 있던 자리로 돌아갈 수 없었습니다. 누구의 탓도 아닌 건데 원망할 대상이 없어 나의 탓을 하며 보낸 밤이 차곡차곡 쌓여 갔습니다.

정말 큰 대기업이 아니라면 뭐, 없을 일도 아니지만 막상 내 일이 되고 보니 막막하고 화나고 서럽고 자존감이 바닥을 치는 날들이었습니다. 그렇게 성인이 되어 고용보험료를 내면서도 처음으로 실업급여를 받았습니다.

스물한 살 가을, 졸업도 하기 전부터 일을 시작했고 여러 직업과 몇몇 회사를 거치며 쉼 없이 달려왔는데 그 모든 것이 아무것도 아닌 것이 된 것 같았고, 자신감이 치솟았던 많은 날들이 와르르 무너지는 기분이었습니다.

그렇게 나는 의지와 상관없이 휴직자가 되었고, 어떤 계획 없이 살아갈 방향도 모른 채 무턱대고 실업자가 되었습니다. 언제나 그렇겠지만 고난은 예고 없이 들이닥쳐 삶을 통째로 뒤흔들어버리는 재해처럼 많은 걸 잃게 했습니다.

엄마의 삶이란, 그동안 이뤄왔던 것들을 하나 둘 잃어가는 것이 '마땅함'이었습니다.

내려놓으면 좀 편해질 거라는데

참, 어렵네요.

애초에 그럴 수 있는 일이라면

쉽게 되는 일이었다면

이렇게 붙잡고 있을까 싶습니다.

- 허윤경 -

잠시만 이대로 있겠습니다

아픔을, 상처를, 외로움을 누군가 해결해 줄 수 있다면 혼자 견디지 않을 겁니다. 그러니 해결보다 들여다봐 주기를 바라는 것인데, 대부분의 사람들은 답을 주지 못한다는 이유로 떠나거나 곁에 있으려 하지 않습니다. 나는 그저 견뎌내는 내가 잊히지 않고 싶을 뿐입니다.

지금은 흘러나오는 노래 가사만이 나와 함께입니다. 참 오랜만입니다. 노랫말이 이 나이 나를 울리는 것이. 짧은 가사 몇 마디가 가슴에 박힙니다. 사는 것에 닳고 닳았는데 이런 모습이 좀 머쓱합니다. 잊으려 애써도 그림자처럼 따라붙던 걱정거리들이 거짓말처럼 사라졌습니다.

잠시지만, 몽상에 사로잡혀 그저 슬픔만이 존재했습니다. 오로지 북받치는 감정에 충실하는 것, 주어진 숙제로 살아내는 삶에는 아무리 애를 써도 잘되지 않는 일이기에 잠시 멈추었습니다. 오로지 슬픔에 젖어들고 싶었습니다.

늘 생각이 많습니다. 머릿속은 잠시도 쉴 틈이 없지요. 오만 걱정들로, 살아가야 할 고민들이 온통 삶을 뒤덮어 버렸습니다. 그런 내가 노랫말 몇 마디에 이렇게 울보가 되다니요. 꿈 많던, 이만한 걱정과 무게를 짊어지지 않아도 되었던 그 언제쯤에는 음악으로 사랑을 배우고, 슬픔도 느끼고, 위로를 받았다지만 그게 언제인지, 그런 날이 내게도 있었는지 잊은 채 살아간지 오래입니다.

노랫말에 울고 있는 내 모습이 어색하지만, 어쩐지 싫지 않습니다. 이렇게 있는 그대로 느껴보는 것이 얼마나 오랜만이던지 잠시 이렇게 있고 싶습니다. 늘 다른 이의 마음만을 살피던 나 자신에게 위로가 필요한지 모른 채 살아내던 어느 순간 노랫말 몇 마디는 툭,

위로가 되어 울어 버리게 했습니다. 꾹꾹 눌러 두었던 설움을 마구 밀어내는 것처럼.

나이가 늘어간다는 건 참 슬픈 일이 많습니다. 있는 그대로 다 느끼지 못하고, 참아야 하고, 견뎌야 하고, 지나쳐야 하는 일들이 다 알아 지지요. 마음대로 슬퍼할 수도, 좋아할 수도, 하고 싶어 할 수도 없습니다. 그것을 다른 말로 하자면 지혜라고도 할 것입니다. 나 하나 참아냄으로 모두에게 다 아울러 좋은 답을 찾는 것. 지혜로운 삶에는 내가 앞에 있을 수 없습니다. 나는 그러한 삶을 살아야 합니다. 모두의 평안이 곧 나의 평안이기에.

잠시만 이대로, 슬픔을 느끼며 온전히 위로받고 싶습니다. 위로가 됩니다. 노랫말 몇 마디가. 실연이라도 당한 듯 서러움에 북받쳐 울고 있습니다. 아무도 모르니까, 그저 내 감정에만 잠시 머물러 있겠습니다.

금세 별일 없던 듯 또 살아내야 할 테니까.

사랑이면 다 된다던 우리는

사랑만 있는 앞날이 아득해졌고,

결국 그것은 여전하지 않습니다.

변한 것은

사랑일까요, 우리일까요?

함께 한 사랑에 책임질 이가 없습니다.

- 허윤경 -

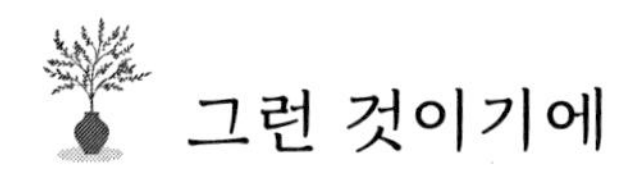

그런 것이기에

나 자신이 사라져버린 삶에 지쳐 있던 어느 날 꿈을 꾸었습니다. 10년도 더 된 어느 날 회사 설립 이래 최초 여직원 해외법인 출장이라는 타이틀을 얻었던 그날. 자유롭고 행복해 보였고, 가벼워 보였으며, 당당했던 모습이었습니다. 아이를 바라보는 엄마의 웃음이 아닌, 성취감에 사로잡힌 나만을 위한 웃음이었습니다. 꿈속이었지만 현실인 듯 참 좋았습니다. 꿈에서 깨는 순간 가볍던 나는 무엇인지 모를 것에 눌린 그 무게를 느끼며 현실을 마주해야 했습니다.

뜨겁게 사랑했던 남자와 결혼했고, 여전히 사랑받고 사랑하는 삶이며, 잘 키웠다는 말을 듣는 사랑스럽고 어여쁜 아이들의 엄마가 되어 순간마다 감사하는 삶이지만, 늘 뒤를 돌아봅니다. 일에 집중하며 오로지 자신을 위해 살았던 삶, 그 어떤 결정도 스스로를 위했던 삶, 아무런 걱정 없이 시작했던, 도전했던 삶을 순간순간 자꾸만 돌아보고 꺼내봅니다.

모든 것을 가지고 누릴 수는 없다며 애써 스스로를 다독거리고 살아가지만, 스스로 어찌해 볼 수 없는 날들이 있습니다. 그런 날은 그저 돌아보는 수밖에, 꺼내보는 수밖에요. 그런 나를 그는 그저 지켜볼 수밖에 없습니다. 굳이 말하지 않아도 힘듦이, 지침이 너무도 깊은 날이면, 자신을 만나지 말았어야 하는데 미안하다는 말을 몇 번이고 꺼내 놓습니다.

결혼하고 아이를 출산하며 많은 기회를 잃어야 했던, 그때마다 고통에 시달리던 내 모습을 모두 지켜본 그였지요. 행복했지만 날개 옷이 없어 살던 곳으로 돌아가지 못함을 슬퍼하고 그곳을 그리워하던 선녀를 지켜봐야 했던 나무꾼처럼, 되돌리지 못할 과거와 안주하고 있는 현재를 내려놓지 못하고 괴로워하는 나를 지켜보며 그는 날아가고 싶은 나에게 꺼내 줄 날개 옷이 없음에 고통스러워 합니다.

함께하고 싶은 이를 마음에 담을 때는 몰랐습니다. 사랑하기 때문에 다 괜찮을 것 같던 많은 것들이 고통스러울 줄은. 나 자신을 앞세우는 일이 이토록 이기적인 일이 될 줄은. 그럼에도 여전히 사랑하고 있을 줄은.

모든 것을 다 이루며, 가지며 살 수 없는 것이 인생이라지만 그럼에도 자신을 잃고 싶지 않은, 그런 자신을 포기할 수 없는 나이기에, 우리는 오늘도 말없이 고통을 나눕니다. 누구의 탓도 아니지만 또 서로 때문이기도 한 관계, 사랑은 그런 것이기에.

잠시 멀어져도 좋습니다.

괜찮아질 거라는 어설픈 위로
참아보라는 의미 없는 권유
어쩔 거냐는 독촉
뭘 할 수 있냐는 야유
이제 와서라는 변명

결국 그 말들의 답은 같습니다.
'혼자 견뎌'

가까웠던 것부터 멀어지는 것이
때로는 나를 살게 합니다.

- 허윤경 -

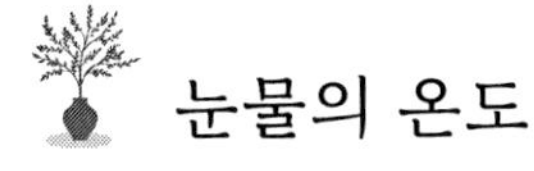

눈물의 온도

출근 길, 운전대 잡고 있는 나의 모습은 매우 위태로워 보입니다. 기껏 공들여 화장까지 곱게 해놓고 앞이 보이지 않도록 주룩주룩 눈물 흘리고 있습니다. 그간, 출근하기 싫던 마음과는 전혀 다릅니다. 이런 마음이지만 끝낼 용기 없음이 비겁하고, 그럼에도 알아주지 않아 서러움이고, 마음을 따를 수 없음이 분해서 흐르는 눈물입니다.

부당한 일들이 오로지 내게만 몰려드는 것 같은 날, 세상에 존재하는 모든 것들이 나를 등지는 것 같은 이런 날에는 아무런 것도 들리지 않고 어떠한 위로도 담기지 않습니다. 부단히 답을 찾지 못하는 때에는 그것을 알고자 마지막 남은 영혼마저 털어버리는 말들이 깊게 파고듭니다. 그것은 나를 절벽 위에 세워 놓기도, 캄캄한 어둠 속에 가둬 놓기도 합니다.

울게 한 이들 앞에서 약해 보일까 눈물 보이지 않으려 어지간히 애를 썼는데 혼자인 때에는 그러하다는 이유로 다짜고짜 흘러내리는 눈물을 막아낼 방법이 없습니다. 슬픔은 간혹 참아지기도 하던데 어쩐지 뜨거운 분노가 흘러내릴 땐 잘 참아지지 않습니다.

아니 어쩌면 이렇게라도 해야 했는지 모르겠습니다. 어디론가 이 감정을 흘려 보내지 않으면 이것이 나를 삼켜버릴 것만 같습니다.

북받쳐 흘러내릴 때 그 감정이 얼마나 고조되었냐에 따라 눈물의 온도가 다릅니다. 뜨거울수록 감정이 고조되어 있다는 말이기도 합니다. 얼굴에 눈물길이 패였습니다. 화장을 다시 고쳐야 할 만큼 자국을 남긴 것을 보니 뜨거운가 봅니다.

그림자처럼 바짝 따라붙는 불운에 이겨낼 재간이 없다는 게 참, 무기력함의 연속인 날입니다. 자존심 세우지 말고 조금 더 버텨보라고 조언합니다. 세울 자존심 따위 남아 있지 않은 인생인 걸 모르나 봅니다. 누구나 이런 일쯤 한 번이야 없겠냐만, 이렇게 끊이지 않게 밀어닥칠 수가 있을까 싶습니다.

이만하면 됐다 싶은데 생각지 못한 불운이 불쑥 인사합니다. '안녕. 오늘은 나야.' 반갑지 않은 방문입니다. 싫다 해도, 밀어내도 그저 들이닥친 것들을 또 잘 이겨내는데 온 힘을 다하면서 이번이 제발 마지막이기를 기도하는 것 밖에 할 수 없습니다.

뜨거운 눈물이 식을 날이 있을까요? 기대하다 보면 어느 날엔 울지 않을 수도 있겠죠. 희망고문이라도 절실한 나날입니다. 그럴 수 있다는 생각만으로도 더 버텨야 할 이유가 됩니다.

아슬해 보이겠지만, 휘청거리진 않습니다. 지켜야 할 것이 있는 삶이란, 그런 것이죠. 어쩌면 휘청거리지 못해 어느 날엔 부러질지 모릅니다. 그럼에도 꼿꼿하게 살아내야 합니다. 그런 나 자신을 응원해 줄 수밖에요. 잘하고 있다 해 줄 수밖에요.

머지않은 날, 눈물길 패이는 뜨거움이 더 이상 흐르지 않게 되기를. 적당히 불행하기를. 온 힘을 다해 너무 애쓰지 않기를.

길을 잃었습니다.

분명 잘못 든 길인데,

돌아가려니 막막하고

계속 가자니 아득합니다.

삶의 기로에서

오가지 못한 채

그저 머뭇거리고 있습니다.

- 허윤경 -

여사님은 왜 오셨어요?

아이의 발달지연이 일하는 엄마인 내 탓이라는 죄책감으로 결정하게 된 휴직은 돌아가지 못할 퇴직이 되어 버렸고, 자랑스럽게 생각했던 경력이 쓸모 없어졌던 이직의 시간이 계속되었습니다.

시작은 미약했지만 품은 뜻은 창대했습니다. 좋은 회사 이직으로 나 자신을 쓸모없는 사람으로 여겨지게 했던 누군가에게 보여주고 싶음이었습니다. 결코 그렇게 하리라 다짐했습니다.

그러던 어느 날, 누구나 알 만한 기업에 동일 직군 경력자로 서류 전형에 합격했고, 1차 면접에서 석사와 화학전공자 그리고 대단한 경력을 가진 사람들 중 오로지 1명, 나만 최종 면접에 올랐습니다. 얼마나 감사하고 행복했던지 지금까지의 모든 부당함들이 다 괜찮아지는 듯한 마음이었기에 면접 결과를 받았던 그날이 아직도 잊혀지지 않습니다.

2차 사장단 면접에서는 1차 실무진 면접과 달리 업무에 대한 질문보다 왜 체육과를 졸업하고 사회복지학과를 편입해서 화학 분야에 일을 하게 되었고 그래서 업무에 부족하지는 않았는지와 같은 질문을 받았습니다. 함께 면접 본 4명을 포함해 5명 중 혼자 질문세례를 받았고 흔히 말하는 압박면접을 보았기에 당연히 합격했을 것이라 생각했지만 불합격이었습니다. 전공자가 아니어서.

그때 그런 생각을 했습니다. 문제가 생겼던 회사에서 급하게 TF팀을 꾸렸고 그렇기에 경력자가 반드시 필요 했음에도, 최종 면접에 유일하게 경력자로 올랐던 나는, 대학 전공때문에 불합격이 되었다는 성실하지 못한 답변을 받는 나이가 되었구나 하고.

그렇게 경력을 이어가는 것에 무의미함을 느꼈고 새로운 일을 시작해 보자 용기 내 보았습니다. 사람들이 원하는 걸 찾아내고 구매로 이어지게 했을 때 만족감이 컸기에 MD를 하고 싶었고 이력서를 작성했습니다. 친환경 상품을 판매하는 곳 MD 채용에 제출했고 서류 전형에 합격해 1차 면접을 보던 날이었습니다.

그룹 면접이었는데 나를 제외한 모두는 대단한 경력을 가진 남성이었습니다. 주눅 들지 말자고 속으로 마인드컨트롤을 하고 있었는데 면접이 한참 진행된 상황에서 오로지 나만 단 한 번의 질문도 받지 못해 손을 들고 면접관에게 되려 질문했습니다. "왜 저에게는 질문을 하시지 않나요?" 내 질문에 그는 비웃으며 말했습니다.

"여사님은 여기 왜 오셨나요?"

지금껏 면접에서 이렇게 무례한 말을 들어본 적 없었습니다. 그럼에도 꼭 그 일을 하고 싶다는 의지로 다 잘해낼 수 있다, 한번 맡겨봐 달라 말했더니 MD

직군은 현장에서 무거운 박스부터 드는 일인데 그걸 어떻게 해 낼 수 있냐며 '매장에서 물건이나 팔면 모를까'라는 말을 덧붙였습니다.

그럴 거면 왜 서류 전형에 합격시켰는지 따져 묻고 싶은 걸 간신히 참고 집에 왔는데 마음에 드는 사람이 없었는지 며칠 뒤 똑같은 채용 공고를 낸 그곳에 다시 이력서를 넣었고 또 서류 전형에 합격했다는 전화를 받았을 때, 합격을 통보한 그에게 당당하게 말했습니다. 얼마 전 면접 때 면접관이 그렇게 말했는데 채용에 대한 소통이 너무 부족한 것 아니냐, 확인하고 여성이어도 경력 없어도 제대로 면접 진행할 의사가 있다면 다시 연락하라고. 연락 오지 않을 것을 알고 있었지만 그 한마디 말로 면접관이 비아냥대던 그날 아무 말 못 했던 나 자신에게 위로 되는 것 같았습니다.

그렇게 동일 직군에서는 나이와 경력이 많다는 이유로, 새로운 직군에서는 경력 없는 여성이라는 이유로 경력을 이어갈 수도, 새로운 일에 도전할 수도 없었습니다. 그저 이런 나를 받아주는 회사에 감사하는 마음으로 입사해 주어진 일을 해 내며 살아갈 뿐입니다.

어디로 가야 할지 모르겠습니다. 아니, 어디를 가고 싶었는지 모르겠습니다. 왜 헤매고 있는지 무엇을 잃었고 어떤 것을 되찾아야 하는지 도통 아는 것이 없습니다. 알아낸다면 찾을 수 있는지 희미하기만 합니다.

우리는 분명 알고 있습니다.

어느 날, 오늘이 그리울 것을.

지금이 참, 하찮다 하겠지만

지나고 나면 반짝였을지 모릅니다.

- 허윤경 -

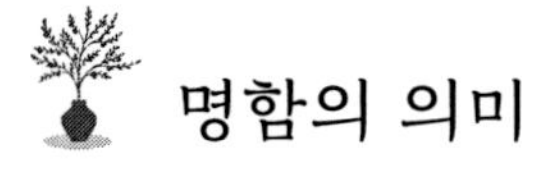

명함의 의미

규모가 작은 회사라 부끄러웠던 건 아니었습니다. 20대나 30대에는 회사 규모가 곧 '나' 이기도 했기에 가장 첫 번째는 그것이 분명했습니다. 큰 회사에서 특정한 사람만이 할 수 있는 일을 한다는 건 마치 나 역시 대체하지 못할 사람이 된 듯 여겨졌기 때문입니다.

누구나 하지 못할 일은 그만큼 자리가 많지 않았고, 그만큼 이직이 어렵다는 의미였다는 걸 이 나이가 되기 전에는 알지 못했습니다. 무어 든 쥐고 있을 때는 자세히 들여다보지 않는 것일지도 모르지요. 겪어보기 전에는 알려 하지 않은 것처럼.

결혼과 출산한 나이 들어가는 여성이 된 지금 원석이라고 믿었던 그 일은 결국 보석이 되지 못했습니다.

나이 많고 아이 있는 여성이라는 것이 흉터처럼 몸 어디엔가 새겨진 듯했습니다. 갈 곳이 없었습니다. 있을 곳이 없었습니다. 그럼을 경험해 봤기에 지금의 나는 회사의 규모보다 더 먼저인 것이 있음을 알고 있습니다.

회사에서 만들어낸 모든 것들이 나의 그림자가 되었을 과거와 달리, 나의 모든 것이 회사의 빛이 될 것인가에 초점이 맞춰집니다. 그만큼 회사에 영향력 있는 일을 하고 있는지, 내가 그러한 사람인지가 중요해졌습니다. 그것이 나를 어디에 있게 할 것인지 결정하게 할 것입니다.

짧지 않은 시간 알고 지낸 이에게 명함을 받았습니다. 내 명함을 건네는 것이 보통 다음의 순서입니다. 하지만 지갑에는 명함이 없습니다. 머쓱한 표정으로 "저는 명함이 없습니다. 자랑스럽지 않아서요."라고 말했습니다. 그것은 나 자신이, 그러하다는 말이기도 했습니다.

자랑스럽지 않은 일이란, 내가 좋아서 혹은 원해서 하는 일이 아님을 뜻합니다. 때문에 일로 인해 더불어 행복하지 못하다는 말이기도 합니다. '칼퇴', '저녁이 있는 삶', '지켜지는 주말'같은 수식어는 하고 싶은 일이라는 전제가 있을 때 빛을 냅니다. 필요에 의해 하는 일에 함께하면, 그저 그것이라도 되기에 이 일을 하고 있다는 핑계만 될 뿐.

명함을 건네지 못한 짧은 그 순간이 머릿속 어디엔가 콕 박혀 버렸습니다. 그것이 잊히지 않는 동안은 적어도 자랑스러운 삶에 대해 생각하게 할 것 같습니다. 그 어떤 핑계 뒤에 숨지 않고, 오로지 나 자신만이 이유가 되어야 하겠지요.

늦지 않게 알게 된다면 나는 조금 더 빨리 반짝이는 오늘을 살아낼 수 있을 겁니다.

달짝지근한 커피 한 잔,

그 달달함이 목구멍을 타고 내려가면

뻣뻣했던 목덜미 피로가 사라 집니다.

틈틈이, 그것이 절실합니다.

돌아보니 나를 일으켰던 건

많은 말이 아니었습니다.

그저 곁에 머물던 모든 것이

나를 괜찮아지게 했습니다.

- 허윤경 -

고작, 커피 한잔

"커피를 하루 몇 잔정도 마시나요?"

"많이 마시는 날은 스무 잔 정도 마시는 것 같아요."

내 대답에 놀라서 동공이 흔들렸지만, 의사는 침착하게 이유를 물었습니다. 마셔야 집중해서 일을 할 수 있고, 그렇게 하루를 버틴다고 답을 하자 마시지 말라고 해야 하는 의사에게 꼭 그래야만 하는 이유를 말하면 어떡하냐며 한 잔이라도 줄이려 노력하라고 했습니다.

10년 전, 극심한 편두통으로 일상생활이 힘든 지경일 때 신경외과 의사 선생님과 나눈 대화입니다. 지금도 출근하면 뜨거운 믹스커피 한 잔으로 업무를 시작합니다. 스무 잔까지는 아니지만 아직도 많이 마실 때 하루 열 잔 정도는 마십니다. 밥은 굶기도 하지만 커피는 지나치는 날이 단 하루도 없습니다.

언제부터 이렇게 꼭 커피가 필요했을까요? 지금껏 여러 직업을 가졌었습니다. 운동선수 일 때 지방에서 운동했다는 이유로 기회를 얻지 못하는 부당함에 매일이 지옥 같았고, 유치원 교사일 때는 턱없이 부족했던 시간과 월급, 잘 해내고 싶었던 욕심이 고통스러웠고, 레크리에이션 강사가 되려 했을 때도 다른 업무를 잘 한다는 이유로 원하던 부서에 지원할 수 없는 것에 불평했습니다. 초등학교 특기 적성 강사였을 때마저 독려하기보다 질책하는 조직이 견디기 힘들었던 나날이었지만, 그때의 나는 커피를 즐기지 않았고 심지어 카페에 가도 커피를 마시지 않았습니다. 생각해보면 하고 싶던 일을 하며 달려가던 삶에는 커피가 없었습니다. 하고 싶은 일이 아닌, 그저 주어진 일을 잘 해내야 했을 때 커피는 너무도 절실했고, 의지했습니다.

그렇게 하고 싶던 일들은 애를 써도 잠시 뿐이었는데 얼결에 발을 들여놓았던 일은 10년이 넘도록 그

자리에 머물게 했습니다. 지금도 커피가 절실한 삶을 살고 있다는 말이기도 합니다. 나는 고집이 센 사람이고 하고 싶은 일과 해야 하는 일을 잘 알고 있습니다. 그리고 하고 싶은 일을 꼭 해야만 합니다. 나에게 커피를 마셔야만 하는 일은 결국, 하고 싶은 일이 아닌 것입니다. 전 직장에서 맡았던 업무는 유해 물질 법규에 따른 제품 승인에 관련한 일이었습니다. 일반적이지 않았고 마치 나만이 할 수 있는 일이며 나여서 잘 할 수 있는 일이라 여겼기에 자부심이 대단했습니다. 그랬음에도 나는 건강을 해칠 만큼 많은 커피가 필요했습니다. 잘 하는 것과, 하고 싶은 것은 다른 것인가 봅니다.

출근하면 가장 먼저 커피를 마시는 건 그저 습관이라 생각했는데 이제 와 보니 고작, 커피 한 잔에 내 하루를 잘 보내기 위해 얼마나 기대고 의지했는지 알게 되었습니다. 누군가에게는 커피가 일상의 '쉼'일 수 있고, 누군가에게는 '피로 회복제' 또는 아무런 이유가 없는 '습관'일 수 있겠지만, 나에게 커피란 지금을 잘 이겨낼 수 있게 하는 '응원'인 것 같습니다. 하고 싫지 않아도 그 안에서 해야 할 이유를 찾고 잘 해낼 수 있게 도와주는 묵묵한 응원.

두 살 터울의 여동생이 있습니다. 마음의 무게를 견디기 힘든 날 연락하면 그는 어김없이 "커피 시켜줄까?" 하고 물어요. 나처럼 당이 가득한 커피는 아니지만 그도 커피를 매우 좋아합니다. 그에게 커피가 어떤 의미인지 물으니 유일한 즐거움이자 여유라고 답했습니다. 나에게 커피는 하고 싶지 않은 일을 잘 해내야 할 때 절실함인데 누군가에게는 커피 한 잔이 즐거움과 여유일 수 있었습니다.

나는 생각과 고민이 많은 무거운 사람에 속합니다. 가끔 너무 많은 생각들이 관계를 가깝게 하지 못하게 하기도 하죠. 나의 그런 무거움은 사람들과 나눴을 때 더 무거워집니다. 누군가가 해결해 줄 수 없는 일들이 대부분이므로 사람들은 나의 무거움을 함께 나누기 버거워 하거나 불편해 합니다. 그래서 나는 그들의 말을 들으며 음식의 간을 맞추듯 이야기를 조금씩 가미합니다. 무거움을 나누지 않는 것은 그들을 위한 나의 배려인 것입니다. 그리고 때로는 눈물을 흘리며 나눠야 할 말들을 코믹하게 바꾸어 말하기도 합니다. 힘들다 말하고 싶지만 무겁지 않으려 애를 쓰는 것입니다. 그럴 때 내 눈물을 담아 준 것은 커피 한 잔입니다. 나에게 커피 스무 잔이 절실했던 그때는 아마도 하루 스무 번의 눈물을 커피와 함께 삼켜낸 것인지도 모르겠습니다. 누구에게나 커피는 그러한 무게와 의미이지 않을까요.

나는 그간 고작, 커피 한 잔에 헤아릴 수 없는 눈물과, 가늠할 수 없는 무거움을 응원받고 있었습니다.

너무 고단합니다. 잘 해내고 싶은 날이 아닌, 잘 이겨내야 하는 오늘도 뜨거운 커피가 가득 담긴 잔이 앞에 놓여있습니다. 한 잔을 마시고 줄 담배를 태우듯 줄 커피를 마십니다. 아직 이번 잔 커피가 남아 있는데 '한 잔 더 마실까?' 고민 중입니다. 이 잔으로는 부족한 느낌.

지금을 잘 버텨낸다면 어느 날 즈음, 절실했던 커피가 내게도 여유가 되어 주기를.

Chapter 2.

엄마로
살아가는 것은

어른이 된다는 것은,

나이가 든다는 것은,

다 알아지는 것이었습니다.

엄마라는 단어는 왜 눈물을 동반하는지.

- 허윤경 -

늘 괜찮다는 그녀

그녀는 늘 씩씩한 줄 알았습니다. 그녀는 뭐든지 혼자 다 했어요. 물건을 옮길 때도, 못을 박을 때도, 드릴을 사용할 때도, 이사할 때도 어디에서도 그녀는 항상 혼자였습니다. 그런 그녀를 보고 자라면서 '엄마가 되고 나이가 들면 씩씩해지는구나, 누구 도움 없이 혼자 다 할 수 있구나' 했습니다.

엄마가 되어보니 씩씩한 게 아니었습니다. 그럴 수밖에 없는 거였습니다. 편하게 쉬고 먹고 도와주길 기다리고 미루면, 그만큼 아이들이 모든 면에서 부족하고 불편한 삶을 살아내야 합니다. 그녀의 씩씩함은 그저 성격이어서가 아니었습니다. 모두 우리를 위한 것이었어요.

많이 달라진 시대라지만, 여전히 엄마는 자신보다 가족을 위해 내려놓아야 하는 것들이 많습니다. 꼭 그래야만 하는 것은 아니겠지만, 그래야만 하기도 합니다. 행복을 위해서이기도, 그저 살아내야 해서 일 수도 있습니다.

엄마도 하고 싶던 일이 많았을 텐데, 지금껏 희생하며 살아온 인생이, 아들을 못 낳았다는 말도 안 되는 이유로 모욕당하고 부당했던 모든 시간들이 그저 괜찮다고 했습니다. 그 시절 지금 들어도 좋았을 직장을 이어가지 못하고, 누구의 아내로, 아이들의 엄마로, 알아주지 않을 누군가의 며느리로 살아온 눈물 없이는 들어주지 못할 인생임에도 괜찮다고 했습니다. 그저 물질이 부족한 거 말고는 그럭저럭 살 만한 나는 이번 생은 폭망했다며 툴툴대는데, 어떻게 그녀는 괜찮을 수 있을까요?

무릎 연골이 닳아 없어지도록, 허리가 구부러지도록, 종아리가 있는 대로 휘어지도록, 끼니마다 한줌 약으로 또 틈틈이 마약 진통제로 하루를 버텨 내면서도 뭐가 그리 괜찮다는 건지 모르겠습니다. 괜찮아지게 한 것이 나인 것 같아서 화가 납니다. 자식이 아니었다면 그토록 몸이 망가지게 삶을 내어주고 살지는 않았을 테니까요.

그녀는 참 대단합니다. 한 번뿐인 인생을 가족을 위해 자신이 없는 삶을 산다는 게 상상되지 않아요. 그런 삶을 살았던 엄마는 내가 있는 삶을 살라고 합니다. 영화도 보고, 남편과 단둘이 데이트하고, 예쁘게 꾸미고, 일도 포기하지 말라 합니다. 그 모든 것들을 내려놓고 살았던 엄마의 삶이 옳았던 게 아니겠지요.

아파요. 심장을 후벼 파도록 아픕니다. 가족이 빠진 그녀의 인생은 단 한 컷도 없을 것 같아서요. 그렇게 살도록 얼마나 외롭고 서러웠을까요? 이제와 내가 무얼 해드리기는 커녕 이 나이에도 도움받고 있다는 것이 부끄럽고 미안합니다. 나의 미안함에 아이들을 돌보고 있으니 웃기라도 한다고, 그렇지 않으면 집이 조용하고 지루하다는 그녀의 위로는 후벼파던 마음에 피고름이 지게 합니다.

가족을 돌보는 일 말고는 자신을 위해 살아오지 않았기에 자유롭게 즐기는 삶보다 여전히 희생하는 것이 익숙해진 것 같아서요. 그런 그녀에게 그나마 위로가 되어줄 것은, 배려를 기쁜 마음 고마운 마음으로 받는 것, 걱정할까 숨기려는 아픔을 적당히 모르는 척해드리는 것, 틈틈이 늘어놓는 수다들을 재미나게 들어드리는 것, 그녀를 위한다고 고집부리지 않는 것들이겠죠. 그 마저도 결국엔 모두 나를 위한 일이겠지만.

엄마의 희생은 자식이 엄마가 되어도 끝나지 않았습니다. 이 고된 것을 왜 행복하다며 기꺼이 하고 있는지 아직 다 알지 못하지만, 그런 엄마를 떠올리면 그저 눈물이 흐릅니다. 고마움인지, 미안함인지 알 수 없을. 어쩌면 그 모든 것일지 모를.

누구에게나 그런 순간이 있습니다.

돌아보기 두려운,

잊히지 않아 고통스러운,

괜찮기 어려운.

그렇지만 그것이 전부는 아닐 겁니다.

그러함이 더 노력하게 했을 오늘이겠지만,

그럼으로 더 행복에 가까워지고 있는지 모릅니다.

- 허윤경 -

지켜주고 싶은데, 지켜볼 수밖에 없는 관계

어릴 적 종종 혼자 소리 없이 울고 있던 그녀를 봤습니다. 무슨 일이 있는지, 어디가 아픈지, 왜 우는지 물어보지 못하고 어린 나는 속앓이만 할 뿐이었죠. 왜 울까, 무슨 일이 있었을까, 누가 슬프게 했을까, 얼마나 상처받았을까, 괜찮을까, 혹시 사라질까, 어떤 날은 밤새 잠들지 못하고 집안에서 나는 모든 소리에 날이 서 있기도 했습니다.

그녀가 멀리 떠나 버릴까 불안했지만 아무것도 할 수 있는 일이 없었습니다. 그저 잘 이겨내 주기를, 잘 버텨주기를 소리 내지 못하고 기도할 뿐. 그녀를 위해서가 아닌 나를 위해서 괜찮아지기를 바랐습니다. 어른인 엄마가 어린 나를 위해 그렇게 해 주기를 바라며 마음 졸였습니다.

어른이 되어 갈수록 울고 있는 그녀 모습을 보기 드물었습니다. 나이 들어갈수록 괜찮아지는구나, 아픈 날보다 행복한 날이 더 많아지는구나, 괜찮아졌구나, 그렇게 혼자 울던 엄마를 잊은 채 나는 어른이 되었습니다.

종종 몸이 감당 못하도록 아픈 그녀를, 지쳐 보이는 그녀를 본 적 있지만 어린 날처럼 사라질까 불안해 잠 못 들지 않았습니다. 그런 날이 있었는지조차 다 잊을 만큼 괜찮아지는 날들이었습니다.

그녀는 울지 않았습니다. 아무 일 없던 듯 웃으며 농담도 했습니다. 그럼에도 어린 날 이불 뒤집어쓰고 들썩거리던 등보다, 부엌 한편에 쭈그리고 앉아 소리 없이 울던 엄마보다 더 외롭고 지쳐 보였습니다. 그저 당신의 선택으로 살아낸 삶이니 자식들에게 물들지 않도록 스스로 부여잡고 견뎌내려는 그 모든 마음이 느껴졌습니다.

어린 시절 홀로 우는 엄마를 보며 불안했고, 어른이 된 지금 울지 않는 엄마를 보며 또 다시 불안에 휩싸입니다. 덤덤하려 애썼지만 우리는 괜찮지 않았습니다. 그저 서로를 배려하느라 상처를 꺼내 놓지 못하고 있을 뿐.

아팠습니다. 엄마 선택의 가장 큰 이유는 결국 자식이었을 것이기에. 자식에게 엄마를 잃게 하지 않으려 한 선택으로 따라붙는 상처들을 당신의 책임으로 붙들고 살아왔을 엄마의 삶이 너무도 아팠습니다.

그저, 엄마를 숨 쉬게 하고 싶었습니다. 이 숨 막히는 공기에서 그녀를 벗어나게 해주고 싶었습니다. 단지 그것 뿐이었습니다.

출근길 엄마 손에 돈을 쥐여드렸습니다. 지금껏 처음이었습니다.

"힘들면 그냥 어디든 떠나버려. 참지 말고, 어디든 가서 숨을 쉬어 엄마."

"엄마는 괜찮아."

괜찮다고 말하는 그녀 얼굴은 전혀 그렇지 않았습니다. 떠나는 것조차 할 의지가 없어 보였습니다.

출근을 핑계로 나와버린 나는 여전히 아무것도 할 수 없습니다. 어린 날처럼 오로지 홀로 버티고 있을 그녀를 걱정하며 종종거리는 일 밖에는. 괜찮지 않을 그녀의 마음을 어루만져 줄 자신이 없습니다. 어떤 것으로 가능할지 알지 못합니다.

그저, 심장이 '지금'이라고 신호 보낼 때 어디든 떠날 수 있기를. 이제라도 많이 늦지 않았다면 그녀가 선택의 무게에서 가벼워질 수 있기를. 울던 그녀를 홀로 두었던 죄책감에서 나 역시 벗어날 수 있기를.

곪아서 터질 때까지 참아내면
상처는 흉터가 됩니다.
곧 좋아질 수 있을 상처가
적절한 조치를 하지 못해
흉터로 남지 않기를.

- 허윤경 -

엄마가 되어서야 알게 되는 것

"딸아이의 글이 많은 사람들의 마음에 쓰여지게 해 주세요."

늘 가족의 건강과 평안을 기도하시는 엄마가 나의 글쓰기를 위해 기도해 주셨습니다. 보이지 않는 곳에서 늘 기도해 주셨을 테지만 직접 듣기는 처음입니다. 눈물이 흘렀습니다. 이 나이에도 부모의 응원을 받고 있음이, 나의 글쓰기가 많은 사람에게 닿기를 바라는 엄마의 마음이 너무 따뜻하고 감사해서.

"너네 엄마 그림 잘 그린다?"
"알아. 할머니."
"너는 8살인데 아는구나, 할머니는 너무 늦게 알았지 뭐야. 일찍 알았다면 좋았을 텐데."

"너네 엄마는 이렇게 웃겨주고, 뽀뽀하면서 너를 깨워주는구나."

"그래야 내가 잠에서 더 잘 깰 수 있지."

"할머니는 엄마 깨울 때 안 일어나냐고 화를 냈었는데."

"너네 엄마는 받아쓰기 0점 맞아도 괜찮다고 말해주는구나."

"응. 엄마는 중요한 게 아니라고 했어. 잘하면 좋겠지만 꼭 그렇지 않아도 괜찮은 거라고."

"할머니는 옛날에 엄마한테 무조건 100점 맞아오라고 그랬었는데."

친정 엄마는 내 아이들를 키워 주시면서 생각나지 않을 그 옛날 나의 어릴 적 이야기를 종종 합니다. 그러고는 누가 왜 그랬냐 말하지 않았음에도 왜 그랬을까 하며 아쉬워합니다. 그럴 때면 그늘이 진 엄마 표정에 "그 시대에는 다 그렇게 키웠어 엄마~ 엄마는 최선을 다해 우리를 키웠잖아~ 이렇게 잘 컸고, 잘 살고 있는데 뭐~! " 하고 너스레를 떨면, 그때는 다 그랬다는 말에 위안이 되었는지 엄마 표정은 다시 돌아옵니다.

나도 두 아이의 엄마이지만 완벽할 수 없습니다. 더군다나 가진 것이 없고 지켜야 할 것이 많은 삶이란 언제나 마음이 쫓기는 삶을 살게 되어 있는 것 같습니다. 자라면서 너무 싫었던 엄마의 모습과 말들이 분명 있습니다. 그건 누구의 엄마에게도 다 있을 거예요. 그런 엄마의 모습과 말들을 내 아이에게 대물림하지 않는 것이, 그러려고 최선을 다해 노력하는 것이 내가 아이들을 사랑하는 방법입니다.

기회가 될 때 엄마에게 말해주고 싶습니다.

"다정하고 따뜻한 엄마는 아니었어. 그런데 엄마가 되고 보니 알겠어. 엄마를 억척스럽게 했던 건 지켜내야 하는 삶이었다는 걸. 무너지지 않으려는 발버둥이었고, 지켜내려는 애씀이었다는 걸. 자식이라는 이유로 엄마의 많은 날을 애쓰게 해서 미안했어. 그리고 그렇게 지켜낸 내가 아직도 걱정인 것이 미안해. 늘 나를 응원해주고 든든하게 지켜봐 줘서 고마워. 엄마

때문에 항상 괜찮은 날이었어. 언제나 내가 먼저인 엄마가 늘 감사하고 너무 소중해. 사랑해. “

여자는 아이를 낳아야 어른이 된다고 했던가요? 늘 울타리 안에 가둬 놓고 세상의 어둠과 불안을 모르게 키우려는 부모의 사랑이 답답하고 숨 막혀 벗어나고 싶음이 간절했는데, 이 나이가 되어 알게 되었습니다. 그런 부모의 울타리가 얼마나 든든함인지, 얼마나 큰 힘이 되는지.

나 역시 아이들에게 힘이 되어주기 위해 더 많은 날 노력해야 할 겁니다.

매 순간 진심을 다하는 사람은 어렵습니다.

하나라도 놓치고 싶지 않기에,

작은 것에도 큰 의미를 두기에,

모든 것의 평안을 원하기에,

작은 거짓도 없기에,

희생을 마땅히 감수하기에,

먼저인 것이 많기에.

그리고 외롭습니다.

자신이 맨 마지막에 있기에.

- 허윤경 -

너도, 나도, 엄마(엄마의 편지)

"그냥, 하던 일 하며 살아."

마음에 없는 말을 해버렸습니다. 마흔이 넘은 딸아이는 왜 그렇게 하고 싶은 일이 많은 지, 형편이 좋지 않아 하고 싶은 일보다 해야 하는 일에 매달려야 하는 삶을 살면서도, 하고 싶은 일들을 포기하지 못합니다. 그토록 열정 가득한 마음으로 원하지 않는 일을 하면서 딸아이는 매일을 지옥에 살겠죠. 포기하지 못하면서 하고 살 수도 없는 그 삶이 얼마나 퍽퍽할까요. 속상하다는 말로 부족합니다. 많은 것을 가졌더라면 하고 싶다는 일을 마음껏 지원해 줄 수 있을 텐데, 모든 게 다 내 탓인 것 같은 속상함에 나도 모르게 내뱉은 말입니다.

아팠겠지요. 얼마나 하고 싶은 일인지, 왜 하고 싶고, 해야 하는지 다 아는 어미가 내던진 말에 많이 아팠을 겁니다. 그래도 알고 있겠지요. 그렇게 말한 어미 마음을. 그 말에 더 상처가 되었을, 세상 누구보다 제일 앞서 응원하고 싶을 어미 마음을. 그럼에도 하고 싶은 일을 하고 살라 말해주지 못하는 마음마저 아마, 다 알고 있을 겁니다.

"엄마처럼 다 포기하지 말고 너는, 하고 싶은 거 하며 살아."

하고 싶은 일을 할 때 딸아이 얼굴과, 해야 할 일을 할 때 얼굴은 너무 다릅니다. 누구나 하고 싶은 일을 다 하며 살지는 못하겠지만, 이렇게 하고 싶은 게 많은데 그 중 하나를 하고 살지 못하는 딸아이가 너무 애처로워 유난히 지쳐 보이는 날에는, 안 되는 걸 알지만 진심이 나와버립니다. 아무것도 책임져줄 수 없고, 짊어진 무게를 함께 져줄 수 없기에 도움되지 않는 말인 걸 알면서도, 너무 속상한 마음을 어찌할 수 없어 나도 모르게 진심이 튀어나와 버리는 겁니다.

그러다 가진 것이 없어 허덕거리는 딸아이를 볼 때면, 어미로 그것 또한 마음이 찢어지기에 어쩌겠냐고, 아이들도 있고 일단 살아야 하지 않겠냐고, 하고 싶은 일보다 살아가는 데 도움이 될 해야 하는 일을 하며 살라 말합니다. 진심이 아니지만 진심이기도 합니다. 엄마라는 이유로 포기해야 하는 삶이 어떤 것인지 누구보다 잘 알고 있음에도, 딸아이에게 어미와 같은 삶을 살라 말 하는 마음은 숯 검댕이가 되어 버립니다.

도와주고 싶은데, 아무것도 할 수 없습니다. 지켜보던 마음이 부풀어 올라 터질 때면, 쓸모 없는 사람이 된 것 같아 만사 다 귀찮고 짜증스럽기도 합니다. 그런 날이면 어미 눈치 보느라 제 할 일도 잘 못합니다. 사랑하는 마음과 안타까움 모두 딸아이를 위한 마음이지만, 결국 도움되지 않는 것은 매한가지입니다. 그저 해야 하는 일이라도 마음 편히 할 수 있도록 손주들을 정성껏 돌봐주는 것 밖에요. 아이들 걱정이라도 덜어주면 딸아이 어깨에 짊어진 무게가 좀 줄어들까요?

괜찮지 않을 텐데 늘 괜찮다고 너스레를 떠네요. 짊어진 무게가 무거워 내려놓고 싶다고 같이 들어 달라 칭얼거릴 만도 한데, 그저 다 괜찮다 하네요. 웃고 있어도 숨겨진 눈물을 보는 게 어미라는 걸 아직은 알 나이가 안되었나 봅니다. 나도 모르고 나이를 먹었듯, 딸아이도 모르겠죠. 그렇게 모르는 채 사는 것이 어쩌면 무게가 덜어지는 것이 아닐까 싶습니다.

복권에 당첨되길 간절히 바랐던 적이 없습니다. 이만큼 살아보니 거저 얻어지는 건 없었기 때문입니다. 그런데 딸아이가 좋은 꿈을 꾸었다며 복권을 살 때면 1등 당첨되기를 간절히 바라고, 온 힘을 다해 기도합니다. '제발, 더 나이 들기 전에, 더 아프기 전에, 딸아이가 하고 싶은 것을 하며 살게 해 주세요'라고. 2만 원 구입하고 5천 원 당첨되어 상심한 표정일때 '너희 간식비 생겼다.' 아이들을 앞세우면 눈치 없이 신나서 이거 사 달라 저거 사 달라 조르는 아이들 덕분에, 딸아이는 이내 웃습니다. 그러지 않아도 되는 일 없어 길몽에 잔뜩 기대하고 낙관하던 딸아이가 원래 될 리 없던 일로 절망하고 삶을 비관하게 하고 싶지 않은,

어미의 배려지요.

원해서 되었든, 원하지 않았든, 딸아이는 두 아이의 엄마입니다. 그리고 아이들을 무척이나 사랑하지요. 그렇게 하고 싶은 것에 대한 열정마저 아이들의 사랑으로 접어 둔 채 산다는 것이 누구나 할 수 있는 건 아닐 겁니다. 자신을 위해 아무것도 하지 못하면서 힘든 내색 하나 없이 언제나 있는 힘껏 사랑하고 아이들이 전부인 삶을 사는 딸아이는 엄마입니다. 그러니 어쩔 수 없이 잃어야 하는 것도 있고, 멀어져야 하는 일도 있을 겁니다. 어쩌면 삶에 대부분이 그럴지도 모르지요. 그걸 지켜볼 수밖에 없는 어미는 너무 가여워 매일 눈물이 납니다. 다 접고 오로지 어미로 살아가야 했을 딸아이는 정말 괜찮을까요?

많은 것을 내려놓고, 접어 놓고 살았던 내 인생은 다 괜찮은데, 딸아이가 나와 같은 삶을 살아야 하는 건 가슴이 미어집니다. 나처럼 살지 말라고, 나와는 다르게 살라고, 하고 싶은 거 마음껏 하고, 가고 싶은 곳 어디든 가고, 갖고 싶은 거 다 갖고 살라고, 그런 마음으로 키웠는데 결국, 나와 같은 삶을 살아내라고 말하는 어미가 되었습니다.

그렇게 말하고 싶은 어미가 어디 있겠냐만, 그렇게 말할 수밖에 없는 것도 어미지요. 없이 사는 삶, 지켜내야 하는 삶을 물려주고 싶지 않았는데 결국 딸아이는 그렇게 살고 있습니다. 손주들에게 결혼하지 말라고, 결혼하면 하고 싶은 것도 못하고 많은 걸 포기하고 살아야 한다고 말하는 딸아이를 볼 때면, 가슴에 피 멍이 듭니다. 순리대로 살아왔던 내 시절에는 다른 삶도 있다는 것을, 포기하는 삶이 죽도록 힘들 수 있다는 것을, 하고 살지 못하면 나이 들수록 매일이 고통일 수 있다는 것을, 몰랐습니다. 어미가 되지 않아도 괜찮다고, 혼자도 행복할 수 있다고 말해줄 것을. 이렇게 하고 싶은 것이 많아 내려놓고 사는 삶을 고통스러워 할 줄 알았다면 꼭 그렇게 말해주었을 텐데 말입니다.

이 나이가 되어도 딸아이 마음을 전부 헤아릴 수 없나 봅니다. 안 그러던 녀석이 퉁퉁거릴 때면, 약으로 통증이 달래지지 않는 것인지, 회사에서 고된 일을 했는지, 도통 알 수 없어 애가 탑니다. 저 딴에는 걱정할까 말하지 않는 것일 텐데, 열심히 숨기려 했겠지만, 어미란 숨소리만 들어도 찾아지는 법이지요.

딸아이는 오늘도 지옥에 살았겠지요. 그리고 내일도 그곳에 살아가겠지요. 알면서도 당장 벗어 날 재간없이 언제일지 모를 날까지, 어쩌면 훨씬 오래도록 그곳에 머물러 있어야 함을 알 겁니다. 너무나 잔인합니다. 그것을 홀로 버텨낼 녀석을 그저 바라만 봐야 하는 어미의 마음을 어떤 말로 설명할 수 있을까요. 차라리 내려놓으면 어떨까 싶기도 하지만,

그런다고 지옥이 아닐 리 없습니다.

딸아이가 행복했으면 좋겠습니다. 애쓰는 행복 말고, 따라붙는 행복에 그늘지지 않은 삶을 살아가면 좋겠습니다. 더 이상 맘에 없는 말로 상처 내지 않는 어미로, 나이답지 않게 신나 흥얼대며 조잘거리는 딸아이의 일상을 지켜보고 싶습니다. 어미의 바람을 알게 된다면 딸아이의 삶은 더 가혹해지겠지요.

딸아이는 나와 다르게 살았으면 좋겠습니다. '포기해라' 말고, '하고 살아라' 말하는 어미로 살았으면 좋겠습니다. 그러려면 딸아이가 먼저 살아 보아야겠지요. 하고 싶은 것들을 하고 사는 삶을. 온전히 그 기쁨을 누릴 날이 꼭 딸아이에게 주어지기를 바랍니다.

확답 줄 이는 아무도 없지만, 그렇게 되리라 믿습니다. 딸아이는 '주저앉아라' 말하는 어미에게 한 번도 '그래야지'라는 답을 한 적이 없거든요. 누구보다 의지가 강한 사람이니 반드시 해 낼 겁니다. 현실에 부딪혀 때로 길을 잃거나, 애타게 바라던 그 것과 숨바꼭질 하겠지만, 천천히 지치지 않고 자신의 길을 찾아갈 거라고 믿습니다. 끝내는 나와 다른 엄마로, 하나의 '사람'으로 살아가겠죠.

나의 믿음이 딸아이가 가야 할 혹독한 인생 여정에 힘이 되기를, 응원이 되기를, 그 모든 것들이 그저, 괜찮아지기를.

아무것도 하고 싶지 않은 날이 있습니다.

모든 것이 괜찮지 않은 날이 있습니다.

닿기만 해도 감정이 새어 나갈 것 같은 날이 있습니다.

끊임없이 흔들리는 날이 있습니다.

할 수 있는 일이 아무것도 없는 날이 있습니다.

- 허윤경 -

일하는 엄마가 출근하는 과정은 보통 일이 아닙니다

아침잠이 많아 잠들어 있던 첫째 아이가 어쩐 일로 이른 시간 깨어 있습니다. 10분만 옆에 누워있다가 씻으러 가면 안 되냐는 말에 출근시간이 늦었는데 알았다며 누웠습니다. 엄마가 곁에 누워있으니 행복하다는 아이를 두고 10분이 지났다며 씻으러 들어갔는데 욕실 문 앞에서 아이가 애절하게 나를 부릅니다. "엄마~ 엄마~ 엄마가 보고 싶어서 왔어." 세수를 하려는데 눈물인지 물인지 모를 것이 얼굴에 범벅이 되어 흘렀습니다.

씻고 나와 화장을 하고 있으니 아이가 의자에 앉으며 엄마 옆에 있고 싶다고 말하는 순간, 눈물이 나오려는 걸 얼마나 간신히 참고 참았던지 모릅니다. 그러더니 훌쩍거리는 소리가 들립니다. 아이가 울고 있습니다. "엄마가 회사 가서 곁에 없는 게 너무 슬퍼." 미안하다고 엄마가 일하러 나가서 네 옆에 있어주지 못해 미안하다고 사과하며 아이를 품에 안고 토닥거렸습니다.

아이의 눈물이 옷을 적셔 갔고 떨림이 느껴질 만큼 아이 슬픔의 크기가 그대로 전해졌습니다. 출근하는 엄마를 현관까지 따라 나와 울먹이며 잘 다녀오라고 말하고는 방으로 뛰어 들어가버립니다. 너무 슬프지만, 진짜 싫지만, 아이는 알고 있는 겁니다. 엄마는 출근해야 한다는 걸.

'무엇을 위하여, 왜, 이렇게까지, 누굴 위해, 언제까지.'

일을 하는 이유에 대해 하루 종일 정말 많은 생각을 하고 있습니다. 그렇지만 알고 있습니다. 휴직하고 아이 곁에 3년이 조금 부족한 시간 동안 있어 봤기에 그것이 누구도 위함이 아니라는 걸 너무 잘 알고 있습니다.

그럼에도 이런 날은 끝없이 흔들리고, 정해진 답 앞에서 무릎을 꿇을 수밖에, 그저 눈물을 흘리며 이 어린아이에게 나를 이해해 달라고 하는 것 밖에 할 수 있는 일이 없습니다. 일을 그만두는 것은 우리 모두를 위함이 아니며, 아이의 말에 마음이 찢어지는 고통을 느끼지만 그래도 출근해야 합니다. 그것이 지금 우리의 현실입니다.

나의 행복이, 나의 자존감이 바로 아이의 행복이고 아이의 자존감이 된다는 걸 알고 있습니다. 아이 곁에 있어주자 결심하고 3년간 그 어느 때보다 행복했지만 동시에 그 어느 때보다 불행했습니다. 아이의 성장이 나의 성장이 아님을 나는 너무도 뼈저리게 느꼈고 알고 있습니다.

불행하다 느끼던 때 아이에게 행복한 모습을 보일 수 없었습니다. 그것이 일을 해야 하는 이유이기도 합니다. 이런 순간들이 아이에게 얼마나 큰 상실감을 줄지 너무 잘 알고 있기에 아이의 눈물이, 마음이 너무 고통스러운 하루입니다. 그저 오늘 하루의 내 일과를 보내며 눈물을 삼킵니다. 일하는 세상 모든 엄마들의 출근길을 응원하며.

온기를 건네는 것은 마음입니다.

차마 전하지 못할 많은 말들을,

그저 그것으로 느낄 수 있습니다.

오로지 마음이 다 하는 일도 있습니다.

- 허윤경 -

아이를 사랑하는 일

우리는 전생에 부부였거나 죽고 못 사는 단짝이었을 겁니다.

적지 않은 나이에 처음으로 뱃속에 아이를 품었고, 짧지 않은 시간 무통주사가 소용없을 진통을 겪으며 첫째 아이가 태어났습니다. 아이는 내게 많은 처음을 경험하게 해 주었습니다. 처음이란 언제나 신비로웠습니다.

아이는 갓난아기 때부터 울거나 떼 부리는 일이 없었습니다. 복덩어리가 태어났다며 주변 사람들은 모두 부러워했습니다. 말수가 적고 무던했던 남편을 닮았구나 싶어 아이가 더 사랑스러웠습니다.

그렇게 아이가 네 살 즈음 되었을 때 말수가 적은 무던한 아이가 아니라 말을 하지 못한다는 걸 알았습니다. 유치원에서는 검사가 필요하다며 지정한 곳에 가서 검사 받을 것을 강요했습니다. 등 떠밀려 아이의 발달 검사를 진행했습니다. 두려움, 슬픔, 미안함이 뒤섞인 채.

검사 결과 아이는 말을 못 하는 게 아니라 하지 않는 거라 했습니다. 그리고 부모가 말이 없는지도 물었죠. 돌이켜 생각해 보니 나는 아이에게 말을 하지 않는 엄마였습니다. 직장에서 사람들과 늘 분쟁이 있는 직군이다 보니 당연히 지쳐 퇴근했고 아이가 어리다는, 그저 울고 떼쓰지 않는 무던하다는 핑계로 재울 때 자장가를 불러주는 것 말고는 딱히 아이에게 말을 건네지 않았던 겁니다.

그렇게 오랜 시간 반성했던 적이 없던 것 같습니다. 아이가 10살이 된 지금도 나는 그 때 그 순간을 잊지 못합니다. 아니, 잊혀질까 그 기억을 놓지 않고 살아갑니다.

아이에게 말을 건네기 시작했습니다. 하지 않던 일을 필요에 의해 하다 보니 어느 순간엔 밀려오는 감정을 감당하기 힘들어 아이를 붙잡고 같이 우는 날이 늘어갔습니다. 그렇게 아이와 울고 웃으며 함께 자랐습니다. 남편을 닮아 무던하다 여겼던 아이는 크면서 예민하고 섬세한 나의 기질을 닮았다는 걸 알았고, 그저 아이의 발달이 좋아진다면 시도했고 잘되지 않아 실망하고 좌절하며 지침이 반복되는 일상이었습니다.

내 기질과 닮았다는 걸 알면서 아이를 대하는 자세부터 달리했습니다. 아이가 어떤 행동을 보이면 어릴 적 나는 어땠는지, 그때에 나는 엄마가 어떻게 해 주길 바랐는지 떠올리고 생각해서 행동하고 말하려 노력했습니다. 자연스럽게 아이와 대화가 많아졌고 이해할 수 없는 아이의 행동과 말에 어떤 답을 주어야 하는지 알게 되었습니다.

어느 날, 출근 준비에 바쁜 시간 아침잠이 많은 아이가 일어나 나를 애타게 찾았어요. 엄마의 출근이 싫은 아이지만 엄마가 속상할 것을 알기에 말하지 못하고 눈물이 고인 채로 안아 달라 말했습니다. 이미 출근시간이 촉박해 다급했지만, 눈 한번 질끈 감고 지각을 감수하겠다 마음먹으니 아이를 품에 넣고 꼬옥 안아줄 수 있었습니다. 출근이 급해 영혼 없이 대충 안아주었다면 아이는 분명 상처받고 엄마의 출근을 강요받은 기분이었을 것입니다.

어릴 적 학교 다녀오면 집에 없을 엄마는 출근 전 잠 못 자고 이른 새벽부터 간식을 정성스레 만들어 놓으셨습니다. 엄마 대신 간식이 많았던 우리 집을 친구들은 부러워했지만 문 열고 들어가면 반겨주는 엄마 대신 곳곳에 있던 간식들이, 나는 너무 외로웠습니다.

출근하는 엄마에게 안아 달라는 아이를 마음 다해 안아주는 것은, 어린 시절 엄마 품에 안기고 싶었던 나 자신을 안아주는 일이기도 합니다. 엄마가 된 내가 울먹이는 아이를 안아주며 외롭던 나 자신도 함께 안아주는 겁니다. 아직 위로가 필요하다면 이제라도 괜찮아지라고.

유치원 시절 발표회 날 부모님이 오시지 못하는 친구들은 부모님 옷을 입고 등원하라는 선생님의 우스갯소리를 엄마에게 전했습니다. 사실은 엄마가 못 오더라도 괜찮다는 어린 나의 배려였는데, 엄마는 크게 화를 냈습니다. 그럼 너도 엄마 옷 입고 유치원 가라며. 또 어느 날은 밥 먹을 때 고등어구이를 왜 안 먹냐 물음에 아빠가 좋아하는 반찬이라 아껴서 아빠 드린다 했더니 엄마는 크게 화를 냈습니다.

나중에 아이를 낳고 엄마에게 그때 왜 그렇게 화냈냐 물으니, 바빠도 와 달라고 떼 부리고 다 먹겠다고 욕심부릴 나이의 딸이 너무 애 어른 되어 부모를 배려하는 것이 불편하고 마음 아파 화가 났다고 했습니다. 나는 엄마의 대답을 듣고 다짐했습니다. 아이가 나처럼 나이에 맞지 않는 배려를 하려 할 때 화내지 않고 배려하는 마음을 칭찬하지만, 지금은 누구보다 자신의 솔직한 감정이 먼저여도 괜찮다 알려줘야겠다고 말입니다. 분명, 아이는 나처럼 부모를 어른을 배려하려 할 것이기에.

최근 부득이하게 하룻밤 외할아버지 댁에서 아이는 나와 떨어져 자야 했습니다. 아직 잠자리 분리가 어려운 아이였지만 하룻밤 정도 괜찮다며 잘 갔는데, 늦은 밤 전화가 왔습니다. 엄마가 보고 싶다고 울면서. 그저 잠자는 시간이라 엄마가 생각났겠거니 하고 잠시 아이를 달래 잘 자라 인사하며 끊었는데 네 시간 뒤, 새벽 1시 아이에게 다시 전화가 왔습니다. "엄마" 하고 부르는 그 한마디로 아이는 전화 끊고 지금껏 울며 참다 전화했구나 알 수 있었습니다.

양을 오십 마리도 더 세 보았는데 잠을 잘 수가 없다고, 엄마가 너무 보고 싶다 말하며 그렇게 슬프게 울던 아이는, 엄마 출근해야 하니 끊자고 했습니다. 괜찮다고 잠이 올 때까지 같이 이야기 나누자 했더니 "괜찮겠어? 오늘 하루는 어땠어 엄마?" 하는 한마디 아이 말에 심장에 돌이 쿵, 내려앉았습니다.

자다가 받았던 전화라 잠결에 출근할 엄마를 배려하는 아이의 마음을 모른 채 영혼 없이 알겠다며 전화를 끊었다면 아이는 어땠을까, 만약 그랬다면 그 밤을 아이는 끔찍한 밤으로 기억하고 잊지 못하게 될지도 모르기에. 이십 분 뒤 아이는 마음이 놓였는지 졸리다며 전화를 끊자고 했습니다. 다음날 아이와 통화 녹음을 몇 번이고 다시 들었습니다. 혹시 잠결에 아이에게 상처 준 말이 있을까 싶어서.

어느 날 아이가 자신이 어떤 사람이 되었으면 좋겠냐 물었습니다. 하고 싶은 일을 하고 사는 사람이 되었으면 좋겠다 했더니 자신이 하고 싶은 일이 무엇인지 물어왔습니다. 그건 자라면서 많은 것을 경험해 보고 스스로 찾아내야 하는 일이라고, 그렇게 찾은 것을 하고 살면 힘들어도 행복해질 거라 했더니 아이는 물음표 가득한 표정으로 고맙다 했습니다. 이유를 물으니 친구들 부모님은 뭐가 돼야 한다고 직업을 말해줬는데 나처럼 하고 싶은 일을 하며 행복하게 살라 말해주는 부모는 없었다고 했습니다. 그리고 물었습니다. 엄마는 하고 싶은 일을 하고 있냐고. 대답하지 못하는 엄마를 안아주며 아이는 울먹이며 말했습니다. 우리를 위해 엄마를 희생해 줘서 미안하고 고맙다고. 꼭 엄마가 되라는 사람이 되겠다고.

사람들은 유독 내가 첫째 아이를 과하게 사랑한다는 말을 종종 합니다. 맞는 말입니다. 어떠한 일에서도 내게 최우선은 첫째 아이입니다. 자랄수록 나와 성향이나 기질이 너무도 비슷하기에 아이의 모든 상황들을 짐작해 보려 하고 아이가 되도록 상처받지 않기를, 행복할 수 있기를 바라며 대단히 노력합니다. 그런 마음가짐이나 노력을 굳이 알게 하려 하지 않아도 아이는 느낄 거예요. 나 또한 그러했으니.

첫째 아이에게 과한 사랑을 품는 것은 어쩌면, 어린 시절 상처받았던 대부분의 날들에 홀로 외로웠던 나를 이제라도 지키고 싶음이기도 합니다. 모든 감정을 혼자 감당했던 어린 나를 위로하고 싶음일 겁니다. 그 시간을 가장 잘 알고 있을 나 자신에게.

아이는 종종 고백합니다. 엄마를 세상에서 제일 사랑한다고, 엄마의 딸로 태어나서 너무 다행이라고, 행복한 아이로 살게 해줘서 고맙다고. 아이의 고백을 들을 때마다 가슴이 뭉클해집니다. 어린아이가 마치 진정한 행복을 아는 것처럼 진지한 눈빛을 보내며 진심을 건네오면 눈물을 들킬까 아이를 와락 끌어안습니다. 그리고 말합니다.

"나 또한 네 엄마가 되어 너무 행복하단다. 너를 사랑하는 일이 나를 사랑하는 일이 되었고, 너를 안아주는 일이 나를 안아주는 일이 되었단다. 네 엄마로 살 수 있어 감사한 날들이야."

나와 닮아가는 아이를 사랑하는 일은 마치, 너무나 외로웠던 어린 시절의 나를 안아주는 일과 같습니다. 아이를 사랑할수록 나 자신을 더 사랑하게 되고, 가장 필요한 위로를 받는 날들이 될 것입니다.

누구나 후회하고 살아요.

실수하며 배워지는 게 인생이잖아요.

모두가 넘어집니다.

다, 그런 것 같아요.

정도의 차이일 뿐,

결국 우리는,

같은 하루를 살아냅니다.

- 허윤경 -

모두가 엉터리

아침에 잠에서 깬 아이가 집이 떠나가도록 울었습니다. 보통 전날 늦게 잠이 든 날은 아침잠에 일어나기 힘들어 훌쩍대기는 하지만 오늘처럼 엉엉 소리 내어 달래지지 않을 정도로 우는 것은 잘 없는 일이라 당황스러웠습니다. 달려가 우는 아이를 말없이 안아주었습니다. 지금 내가 해줄 수 있는 전부는 출근 준비 시간 잠시 아이를 안아주는 것이 다이기에.

거실에서 아이의 울음소리가 계속 들려왔지만 귀를 닫아버리고 출근 준비를 해야 합니다. 나는 워킹맘이기 때문입니다. 신발을 신으며 "다녀오겠습니다. 애기들 학교 잘 다녀와." 하고 말하는 순간 화장실에서 세수하다 말고 아이가 뛰쳐나와 뒤에서 나를 껴안았습니다. "엄마 사랑해." 이제 괜찮아졌다고, 우는소리 듣고 출근 준비하다 말고 안아줘서 고맙다는 아이의 마음이 너무도 잘 전달되었습니다.

아이들이 장난치며 등교하는 동영상을 친정 아빠가 보내주셨습니다. 웃으며 장난치고 학교에 잘 갔으니 걱정하지 말라는 아빠의 마음 또한 느껴졌지요. 웃으며 등교하는 아이들의 모습에 웃음이 지어졌지만, 결국 엄마 없이 괜찮아져야 하는 아이들의 일상이 그저 말할 수 없이 미안했습니다.

작은 기업에서 보통 두세 사람이 할 일을 혼자 하고 있기에 몸이 열 개라도 바쁜 월요일이지만 머릿속은 온통 아이의 울음소리로 가득합니다. 이럴 때면 어느 날 보았던 그 한마디가 떠오릅니다. '무슨 부귀영화를 누리겠다고.' 부귀영화까지는 아니겠지만 최소한의 삶을 유지하기 위해 맞벌이가 필수인 시대에 아무것도 없이 사랑만으로 시작한 우리였기에 외벌이는 단 한 번 상상조차 할 수 없는 삶입니다.

그리고, 아침마다 화장하는 내 모습도 좋고, 되도록 신경 써서 옷을 차려 입는 것도 좋습니다. 믹스커피 한 잔에 사람들과 시답지 않은 수다를 떠는 것도 좋고, 잠시 엄마가 아닌 나로 살아갈 수 있는 이 시간이 참으로 소중하기도 합니다.

왜 회사 가야 하냐고 나도 엄마랑 유치원 가고 싶다고, 왜 엄마는 캄캄한 밤이 돼야 퇴근을 하냐고 좀 빨리 왔으면 좋겠 다는 6살 아이의 말에 툭.

전날 오후가 되어서야 준비물이 올라오는 알림장에 문 닫은 문구사 탓 밖에 할 수 없을 때 툭.

하교할 때 엄마가 데리러 왔으면 좋겠다는 9살 아이의 말에 툭.

그저 일하는 엄마는 흔들리는 나뭇잎만 보아도 툭, 그렇습니다.

나이는 먹어가는데 아직도 엄마의 어디쯤과 직장인의 어디쯤에서 서성거리고 있는 내가 참 한심하기도, 안쓰럽기도 합니다. 뭐라도 하나는 내려놓아야 나머지 하나라도 잘할 수 있을 텐데.

나는 엉터리입니다. 아무것도 잘 해내지 못하면서 뭐 하나 포기할 줄도 모르는 욕심 많은 엉터리. 아무리 힘들어도 뭐하나 포기하지 않고 이렇게 애씀을 누군가가 보고 있다면 미련하다 비난하지 말고 잘하고 있다 좋은 날 올 거라 응원해 주기를.

움츠러든 어깨를

상처받았을 마음을

소리 없이 흐르고 있을 눈물을

덜어 놓지 못할 고민을

북받치는 설움을

탓하지 못할 선함을

그럼에도 버텨내고 있을 그대를,

나와 같을 그대를,

진심이 전해지도록

따뜻함이 느껴지도록

안아주고 싶다.

- 허윤경 -

드라마 주인공이 마치 나 같은 날에

엄마라는 이유로 꿈을 넣어두었던 그대에게 눈을 뗄 수 없었습니다. 꿈을 잃고도 그저 엄마로 살아가는 것이 괜찮은 듯 애씀이 안타까웠고, 다시 꿈을 찾을 때 응원했으며, 나이와 경력단절의 벽을 만날 때면 나도 모르게 화가 났습니다.

숨이 막혔습니다. 이력서 낼 때마다 거절당하는 그대 모습이 마치 나인 듯 해서요. 엄마의 품이 필요했고 함께해 주지 못함이 죄스러워 선택했던 휴직이 돌아가지 못할 퇴직이 되어버리고, 자랑스럽게 생각했던 경력이 쓸모 없어졌던 이직의 시간들이 너무도 끔찍했고, 아팠습니다. 엄마가 되어 모두 소용없을 일이 되어버린 것만 같았거든요. '전문적인 직업을 가졌더라면, 훌륭한 직업을 가졌더라면, 대체 안될 사람이 되었더라면' 스스로 많은 자책을 했기에, 그 모든 것 일지라도 엄마라는 이름표가 생기면 같은 처지가 된다는 건 참, 슬픈 일이었습니다.

어쩌면 그대의 도전이, 접어 놓은 채 살아가는 우리들의 꿈을 다시금 꺼낼 수 있도록 용기가 되어 줄지도 모르겠습니다. 또 어쩌면, 되지도 않는 비현실적인 이야기라며 푸념할지도 모르겠습니다. 그대는 운이 좋고, 물질에 얽매이지 않아도 되는 삶이며, 전문직이기에 가능했던 일이라 여겨질 수 있으니까요.

나이 쉰을 바라보며 꿈을 되찾는 여정에 방해물이 많아 쉽지 않고, 다시 내려놓을 순간들도 생기지만, 그럼에도 포기하지 않고 당당하게 자신을 찾는 그대가 참으로 멋져 보였습니다. 나이 탓하며 망설이고 주춤하는 나를 반성하게 했습니다. 그리고 내게 물어오는 것 같습니다. 숨차서 가슴 터질 것 같도록 달려 보았냐고 말입니다. 돌아보며 이 핑계 저 핑계 둘러대며 안주하던 나에게 말 없는 채찍질을 하고 있는 것 같기도 합니다.

응원은 마음으로 했는데 눈에 힘이 들어갔는지 자꾸만 알 수 없는 눈물이 흐릅니다. 그대가 마주한 어떤 장면들이 지나온 내 어떤 장면들과 겹쳐 보여 내 일인지, 그대의 일인지 구분되지 않는 것 같습니다. 나만 그런 건 아니겠죠. 또 다른 누군가도 나처럼 당신을 애타게 응원하고 있을 테지요. 그대의 이야기는 우리가 살아온 지난날 너무도 있을 일이니까요.

그대의 뒤늦은 도전을 너무도 응원합니다. 그것이 좋은 결과를 만든다면 내 용기와 손잡아 줄 것 같습니다. 엄마여도, 나이 들었어도, 썩 건강하지 않더라도, 그림자처럼 따라붙는 불운들이 끊이지 않아도 꿈을 좇는 사람으로 살고 싶다는 소소하지만, 대단한 용기 말입니다.

나이 들수록, 지켜야 할 것이 많아질수록, 그런 이유로 앞서있는 많은 사람들을 보며 뒷걸음질하게 됩니다. 아니 어쩌면, 멈추지 않았던 그들에게 그 자리 그대로인 내가 뒷걸음질한 듯 보였을지도 모르겠습니다.

내가 용기 낼 수 있도록 그대가 더 힘내 주세요. 비겁해 보이겠지만 그 마저도 얼마나 큰 용기가 필요한지 안다면 아마 그대도 나를 응원해 줄 겁니다.

결국 일어날 일들은 막아낼 재간이 없습니다.

예고 없던 소나기를 우산 없이 맞아내듯이

그저, 젖을 수밖에요.

마냥, 아플 수밖에요.

흠뻑 젖어 몸살을 앓기 전에

멀지 않은 곳에 숨어들 처마가 있기를,

잠시 지나가는 소나기이기를,

그 바람이 이루어지기를.

- 허윤경 -

끔찍한 일을 마주하는 우리의 자세

"엄마, 오늘 학교에서 너무 끔찍한 일이 있었어." 전화기 속 아이의 목소리가 서러운 듯 울먹거렸습니다. 학교에서 선생님께 혼이 났는지, 친구와 다퉜는지, 도대체 무슨 일이 있었던 건지 근무시간이었던 나는 같이 울어버리고 싶은 심정이었습니다. 아이의 서러움이 그대로 전해져 어떻게 달래 줘야 할지 순간, 머릿속은 먹통이 되었습니다.

"어떤 일이 있었는지 엄마한테 이야기해 줄 수 있어?" 차분하려 애를 쓰며 아이에게 물었습니다.

"아니, 말하고 싶지 않아." 아이의 말에 당장 달려갈 수도 없고, 어떤 일인지조차 알 수도 없는 무기력함에 얼굴 근육들이 춤을 추듯 힘이 풀려 제멋대로 움직여 댔습니다. 티 내지 않았지만 얼마나 종종거렸는지 모릅니다. 아이의 말을 들어야만 하겠다는 의지로 다시 한번 말을 건네 보았습니다.

"사실은 엄마, 쉬가 너무 급해서 화장실에 갔는데 화장지가 없었어. 그래서 닦지 못하고 나왔는데 기분이 너무 끔찍했어." 엄마의 부탁에 아이도 울지 않으려 애를 쓰며 이야기를 꺼내놓았습니다.

"어머나, 엄청 끔찍했겠네. 그런데 응가가 아니라, 쉬라서 참 다행이었다. 그치?" 최대한 위로가 되면서도 아이의 기분을 끌어올려 줄 만한 이야기를 건네야 했습니다. "그건 그렇네~!" 엄마의 마음을 알아주었던 것인지 아이는 금세 괜찮아진 목소리로 대답했습니다. 아이의 기분이 나아졌으니 집에 가서 다시 이야기하기로 하고 전화를 끊었습니다. 아마도 아이가 끝까지 기분이 상해 어떤 일이 있었는지 말해주지 않았다면, 일하는 내내 불편한 마음으로 일에도 집중 못하고, 달려가지도 못하는 워킹 맘의 비애에 빠졌을 것 같습니다.

퇴근 후 아이와 끔찍했던 이야기를 이어 나갔습니다.

"휴대용 화장지를 가방에 넣어줄 테니까, 화장실에 갈 때 들고 가. 그런데, 깜박하고 안 들고 갔는데 화장실에도 화장지가 없으면, 방법이 없으니까 양말로 닦아도 돼."

같은 상황이 생기게 되었을 때 아이에게 해결 방법을 알려주고 싶었습니다. 도움을 요청하라는 건 학교에서 알려줄 것 같았고, 당황스러운 상황에 대처능력으로 잘 수습할 수 있도록 도와주고 싶어서 꺼낸, 우스갯소리 같았지만 반쯤은 진심을 담아 이야기했습니다.

"엄마, 양말로 닦으면 더럽기도 하고 창피하잖아." 아이는 어떻게 그런 걸 시키냐는 표정을 지었습니다. "그렇긴 한데, 응가를 못 닦고 나오는 것보다 낫지 않을까?" 아무렇지 않은 듯 되려 뭐가 문제냐는 눈빛으로 말했고, "알았어 엄마. 혹시 다음에 그런 일이 있으면 그렇게 해 볼게." 대단한 결심이라도 한 듯한 표정으로 아이는 심각하고 진지했습니다.

우리의 대화를 듣고 있던 남편은 등을 돌린 채 소리 내지 못하고 웃고 있었습니다. 들썩거리는 남편의 뒷모습 덕분에 무거웠던 공기가 어느새 가벼워졌고, 다큐가 코믹으로 바뀌었습니다. 끔찍했다는 아이의 기분을 헤아리지 못해서가 아니었습니다. 아이의 끔찍했던 경험을 그런 채로 남겨두고 싶지 않았습니다. 누구나가 살다 보면 있을 수 있는 일이라며, 잘 넘기고 혹여 친구들이 놀리더라도 '어때서'라는 마인드를 갖게 해주고 싶었습니다. 엄마가 곁에 없을 때 일어나는 일들에 대해 주눅 들지 않고, 담담하게 받아들이고 대처하는 아이가 되도록 도와주고 싶었습니다. 다행히도 아이는 대화를 나누며 눈물이 나올 정도로 웃었고 상황을 잘 넘기는 듯 보였습니다.

"엄마, 오늘 학교에서 정말 끔찍한 일이 있었어." 또다시 근무시간 걸려온 아이의 전화에 내색하지 않았지만 무척 당황했고, 아이에게 이번에는 어떻게 이야기해 줘야 할지 그 짧은 몇 초 동안 많은 생각들을 끄집어내고 있었습니다. "무슨 일이 있었어?" 복잡하고 다급했던 머릿속과는 달리 별일 아닌 듯 연기를 했습니다.

"배 아파서 보건실에 갔는데, 화장실 가라 해서 갔더니 응가가 나오는 거야. 그런데 화장지가 없었어."
아, 아이에게 똑같은 상황이 생겼구나. 이번엔 어떤 말로 아이의 마음을 토닥여줄까 고민하며, 최대한 별일 아닌 듯 "아이코, 또 그런 일이 있었구나. 그래서 이번에도 못 닦고 나왔어?" 하고 물었더니, 피식 피식 웃으며 당당한 목소리로 "아니, 엄마가 말해준 거 기억나서 양말로 닦았어."

"뭐? 진짜로? 정말로? 맹세하고?"

믿어지지 않아 아이가 대답할 시간도 주지 않고 연달아 세 번이나 물었습니다.

"응. 엄마가 양말로 닦아도 된다고 했잖아!" 아이는 뭐가 문제냐는 말투였습니다. "하하하, 잘했어."

약이 바짝 오른 아이가 왜 웃냐고 퉁명스럽게 말했습니다.

"어쩔 수 없는 상황에서는 어쩔 수 없는 거야. 잘했어. 잘한 거야."

양말로 상황을 수습하고 버리고 왔다는 아이의 말에 얼마나 웃었는지 모르겠습니다. 지금 생각해도 쑥스러운데 당당하던 아이의 말투가 너무 귀여워서 자꾸만 웃음이 나옵니다. 아이는 양말을 한쪽만 버리고 나머지 한쪽은 신고 있었다고 합니다. 남은 수업 시간 교실에서 한쪽 양말만 신고 있었을 텐데 괜찮았다고 말하는 아이의 목소리는 정말 괜찮아 보였습니다. 피곤함에 지쳐 있던 컨디션으로 퇴근했는데, 당당하게 홀로 벗어져 있는 양말 한 짝에 또 한 번 웃음이 터졌었습니다.

똑같은 일이 아이에게 일어났지만 양말로 처리하고 버렸던 이번에는 끔찍한 일이었다고 말하면서 스스로도 우스운지 아이는 웃고 있었습니다. 지난번 울먹거렸던 말투와 태도가 달라졌지요. 아이에게 일어났던 이야기를 했더니 남편은 엉뚱하고 귀엽다며 몸을 가눌 수 없도록 웃었습니다. 누구 한 명 태도에 따라 상황은 코미디냐, 다큐냐 차이를 갖는 것 같습니다. 만약, 왜 휴지를 넣어주었는데 가지고 다니지 않냐고 짜증을 냈거나 잔소리를 했다면, 정말 그렇게 하고 오냐며 퉁명스럽게 말했다면, 아이는 분명 엄마가 건넨 진심이 혼란스러웠을 것입니다. 남편도 재미있어 하기보다 걱정이 먼저였겠죠. 아이를 바라보는 나의 시선과 말들이 얼마나 중요한지 새삼 깊이 깨닫는 사건이었습니다.

아이의 성격이 해맑았으면 좋겠고 자유롭고 활동성 있으면 좋겠다는 바램을 갖는 것보다, 무겁고 소심해지지 않도록 나의 언행을 가벼이 하지 말고, 매순간 건넨 진심을 지키려는 노력이 먼저일 것 같다는 생각을 하게 된 일이었습니다.

한 번의 대화로 울먹이던 끔찍함에서, 웃기는 끔찍함으로 변화해 준 아이를 통해 앞으로 어떤 부모로 아이의 곁에 있어야 할지 방향을 잡을 수 있었습니다. 부모로 살아가며 늘 느끼는 것 중 한 가지는, 아이에게 건네는 수많은 진심들처럼 삶을 마주한다면 어른인 우리도 세상 풍파가 마냥 두렵지만은 않을 것 같습니다.

Chapter 3.

그럼에도 그대를 살게 하는 것이 있기에

언제나 나의 현재는
부족한 것이 많아 불행하고
많은 것으로부터 부당합니다.
혼자임이 외롭고 무겁습니다.

돌아본 나의 과거는
늘 특별함 없이 행복했고
한껏 예뻤고
언제나 나를 응원해 주는
내 사람들이 있었습니다.

불행은,
지금에만 머무릅니다.

- 허윤경 -

요즘 나는

꿈을 향했을 때 뛰어나고 싶었습니다. 남다르고 싶었습니다. 일자리에 최고가 되고 싶었고, 찾아지는 사람이고 싶었습니다.

무엇이 되려고 뛰어나고 싶던 시절, 남다르고 싶던 시절, 누구도 대신할 수 없는 최고가 되고 싶던 시절이 있었습니다. 무엇이 되고 싶으면 매 순간 집중했고 애를 썼습니다. 꿈을 꾸기에 적지 않은 나이가 되었고, 이미 좋은 사람의 곁에 있고, 최고가 되었던 일에서 멀어지고 있습니다.

문득, 나를 찾아주는 이들이 있어요. 일부러 시간을 내어 내가 있는 곳으로 나를 찾아오고, 소소한 일상들을 나눠주는 그들은 성별도, 하는 일도, 나이도 어떤 것도 여겨지지 않는 그저 사람으로 나를 찾아주는 이들입니다.

기분이 울적해서 생각났다고, 책장을 넘기다 문득 궁금했다며, 함께 마시던 커피가 생각났고, 함께 나누던 수다가 그립다고 그렇게 일상 작은 틈에서 나를 찾아주는 이들입니다. 그들은 내 응원에 힘을 얻고, 내 말에 위로 받고, 나와 함께인 시간을 즐거워합니다.

많은 재물들이 삶을 윤택하게 하는 듯 하지만 결국은 사람인 듯합니다. 나를 향하고, 온전히 나로서 바라봐 주고, 그저 나이기에 믿어주며, 언제나 나의 행복을 바라는, 괜찮은 척 가벼운척하는 것마저도 알아주는 그러한 사람.

살아낼수록 그런 사람이 늘어간다면 혹은, 잃지 않고 지켜간다면 참 좋을 듯합니다. 결국엔 외롭지 않음이 잘 나이들음이 아닐까. 나를 찾아주는 이들이 외롭지 않도록 나 역시 그들을 찾아야 합니다.

커피 한 모금 삼키며, 몽글몽글 구름 보며, 책장을 넘기며, 전화기를 집어 들며 일상 틈 속에서 그들을 찾아내고 안부를 건네어야 합니다. 그렇게 그들과 일상 틈에서 서로를 찾아내 안부를 건네고 소소한 일상을 나누며 나이 들고 싶습니다. 가진 것이 사람이 전부인, 꽤 괜찮게 나이들 수 있을 것 같습니다.

너무 큰 것에 행복이 있으면
한번 행복하기 어렵잖아요.
소소한 것에 의미를 두면
종종 행복해집니다.

물론 다 중요하지만,
나는 그대가 시시때때로
행복했으면 합니다.

- 허윤경 -

사람으로 남겨지는 기억은 사랑입니다

아침 출근길 남편 차가 멈춰 있습니다. 지난밤 늦은 귀가로 구석에 꾸역꾸역 주차한 차를 빼야 하는 아내가 걱정스러운 마음입니다. 하필 바쁜 월요일 출근길인데 이런 곳에서 차를 꺼내야 했던 불편함에 살짝 짜증이 난 아내는 구시렁구시렁 혼잣말을 해 댔지만, 핸들을 틀어 나오면 보이는 끝에 정차되어 있던 남편 차를 보며 모든 짜증이 사라졌습니다. 이쪽저쪽 왔다 갔다 좁은 곳에서 아내 차가 나오는 것을 확인하고야 남편은 출근길로 나섰습니다. 아무 말 없이 그저 멈춰 있던 차를 보며 짜증이 누그러들었던 그 순간을 기억합니다.

몇 년 전 교통사고가 났습니다. 후진하는 차에 받혀 날아 떨어진 충격으로 뇌진탕 증세에 불행인지 다행인지 기억이 없어 사고 당시 고통이나 두려움조차 없지만, 맨몸으로 차를 받아낸 결과는 정상생활이 쉽지 않았고 오래도록 그럴 것이라 했습니다. 그럼에도 화 한번 내지 못하고 피해자가 가해자인 양 뒤에서 말하던 사람들로 상처받고 힘들어할 때 대학 동기 녀석이 가해자를 만나러 가야겠다며 언성을 높였습니다. 미련한 친구를 대신해 화라도 내주겠다고, 왜 조심하지 않고 이렇게 다치게 했냐고 좀 말이라도 해야겠다고. 벌써 몇 년이 지난 일인데도 그 녀석은 만날 때마다 친구에게 부당했던 모든 일들을 늘어놓고 속상함을 털어놓습니다. 나의 부당함이 침 튀도록 화나는 그 녀석의 높은 언성을 기억합니다.

인생에서 가장 행복했다고 말할 수 있는 유치원 선생님이었던 10개월 그 시절, 글씨를 모르던 아이의 삐뚤삐뚤 사랑한다는 연애편지를, 부모님의 이른 출근으로 등원시키려 들른 집에 아이의 곤히 잠든 모습을, 애교가 많았고 웃음이 천만 불짜리 아이가 주었던 모든 말과 사랑을, 표현에 서투른 아이가 선생님 예쁘다고 말할 때의 쑥스러운 미소를, 나를 그토록 사랑해

주었던 아이들을 등지고 유치원을 나왔던 그날 창문에 매달려 울던 아이들의 울음소리를 기억합니다.

특별한 일 없던 주말, 지나가다 들른 책방에서 이것저것 집어 들다 한 권 눈에 들어 책장을 넘겼습니다. 애쓰며 살아내는 사람에게 주는 위로의 글귀에 두 시간 넘도록 두 장을 넘기지 못했지요. 뜨거운 눈물을 흘리며 넘기지 못한 채 잡고 있던 글귀의 무게를 기억합니다.

잘 살고 있다 생각했습니다. 갖고 태어난 재능에 물질이 함께 따라와 누구보다 많은 것을 누리며 살고 있다 생각했고 그러기에 힘든 것이 있는지 걱정하지 않았던 사람이 스스로 세상을 등졌다 했을 때, 말 못하고 젊어진 채 떠난 사람의 고통을 되새기며 기억합니다.

결혼식 날 신부는 덤덤했습니다. 실감 나지 않는다며 사람들과 평소와 다를 바 없이 웃고 수다를 떨며 사진을 찍었죠. 이래도 되나 싶을 정도로 모든 것이 괜찮았는데 신부 입장을 하려 아빠 손을 잡았을 때부터 예식이 끝날 때까지 눈물이 멈추지 않았습니다. 그때 그토록 울게 했던 아빠 손의 떨림을 기억합니다.

오랜 연애를 끝냈습니다. 행복했던 기억보다 흔적이 남도록 상처가 컸던 연애였기에 후련함이 더 큰 이별이었지만 좋았던 작은 기억들이 크게 자리 잡아 힘들던 어느 날, 친구와 계획 없이 떠났고 우리만 있는 듯 소리 질렀고 샤워실 없던 곳에서 옷이 흠뻑 젖도록 신나게 놀았던 우리가 함께 한 그날의 바다를 기억합니다.

늦은 밤 함께 기울였던 뜨거운 사케 잔을 기억하고, 친구라는 거짓 관계로 곁에 있던 때 함께 썼던 우산 속 어색함을 기억하고, 부당함에 독이 오른 부하 직원에게 이해한다 그럴 수 있다 했던 상사의 말을 기억합니다.

행복했던, 아팠던, 좋았던, 소소했던 그때를 기억하고 그것으로 의미를 갖습니다. 결국 내게 기억은 사람이고 그들에게 더해진 의미로 살아내야 할 또 다른 의미를 얻습니다. 의미는 어떤 사람으로 살아야 할지 알게 합니다. 내가 기억을 사랑하는 이유입니다.

슬픔을 온전히 드러내지 못합니다.

배워본 적 없습니다.

알려 한 적 없습니다.

그래서 나는,

그러한 감정을 나눌 줄 모릅니다.

그래서 나는,

혼자인 것이 익숙합니다.

그래서 나는,

종종 외롭습니다.

- 허윤경 -

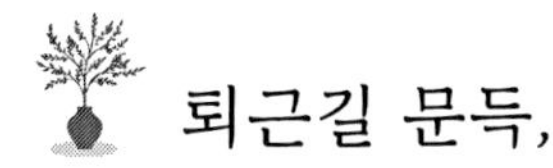

퇴근길 문득,

소나기처럼 쏟아붓던 일과를 마치고 집으로 돌아가는 길 생각나는 이가 있습니다. 휑한 듯, 지친 듯, 기운 빠지는 발걸음에 힘을 보태 줄 것이 분명하기에 전화를 걸었지요. 신호음이 꽤 여러 번 울렸는데 받지 않는 걸 보니 바쁜가 봅니다. 금세 다시 걸려온 전화 속 목소리는 어떤 얼굴을 하고 있을지 다 알게 했습니다.

평소 같지 않던 행동에 무슨 일인지 걱정했겠지요. 나는 전화로 목소리 듣고 일상 나누는 것을 좋아하지 않습니다. 그래서 종종 오해를 받지요. 주변을 챙기지 않는 오만한 사람이라고. 그런 내가 전화를 걸었으니 새파래진 얼굴이 무슨 일 있냐는 한마디 말에 다 전해졌습니다.

문득, 생각났고 보고 싶었는데 그것으로 끝내면 또 잊힐 감정일 것 같아 바로 전화기를 들었지요. 걱정 한가득 목소리마저 왜 그리 좋던지. 전화 속 안타까운 한탄은, 무겁고 버거운 그것들을 마주할 용기를 줍니다. 울며 말하기에도 부족한 그것들을 기꺼이 웃으며 털어놓게 합니다.

누군가에게 자신의 의미가 가벼워질 수 있음이 어떤 것인지 알고 있을까요? 스스로는 도저히 감당 안 될 그것들을 덜어내지도 버리지도 못한 채 떠안고 살아야 하지만, 그 무게에 눌려 한없이 무거워져서는 안 됩니다. 그러기 위해 나는 종종 가벼워져야 하지요. 모두가 웃기를, 괜찮기를 바라니까.

전화기를 통해 전해지는 마음이 전부 전해져 살 것 같습니다. 지금을 또 잘 지나가 볼 수 있을 것 같습니다. 이겨낼 자신은 없지만 꺾이지 않을 자신은 있습니다. 언제나 나의 평안을 마음 다해 바래주는 그대의 사람으로 오래도록 함께 하고 싶습니다.

잘 지내니?

너무 많은 의미를 담는다.

괜찮니?

참 깊은 마음이 담겼다.

많은 말을 하지 않아도

많은 것을 느낄 수 있습니다.

- 허윤경 -

과거의 우리를 꺼내어, 현재의 우리가 미래를 그린다

헤어지려는 찰나 벌써 보고 싶다는 말에 또 보자 건조한 대답을 했지만 이미 내 눈엔 앞을 가리도록 눈물이 가득했습니다. 너무 오랜만이라 그랬을까, 몰랐던 시간 속 결핍을 나누어서였을까 싶지만, 그저 우리였으니까 그랬겠지요.

어떻게 친해졌는지 기억나지 않을 먼 시간부터 친구인 우리는 까마득히 잊고 지냈을 서로의 기억들을 꺼내어 보니 그때 많이 행복했고, 참 좋았고, 지금은 웃으며 말할 수 있습니다.

서로가 좋아 보였다던 그 시절 각자의 이유로 우리 모두 결핍 덩어리였다는 걸 이 나이가 되어서야 알았습니다. 경제적으로 힘들다는 말에 '왜 그렇게밖에 못

살았냐' 물음은 '누구는 그렇게 살고 싶었겠냐' 핀잔을 던졌을 텐데, 우리들이었기에 속상해 죽겠는 마음 그대로 알게 했습니다.

빈틈없으려 애쓰는 내게 조금 내려놓았으면 좋겠다고, 그리 매 순간 그러지 않아야 너도 살지 않겠냐며 바라보던 눈빛은 왜 그리 불안하던지, 좀 지친다는 가볍지 않은 말을 우스갯소리처럼 하고 싶었는데 바라보는 시선에 자꾸 눈물이 흐릅니다. 그런 눈빛으로 보지 말아 줄래. 잘 참고 싶단 말이야. 아직은 괜찮다고 잘 이겨내고 있다고 씩씩한 모습만 보이려 다짐했는데 스르르 무너져 울어버렸습니다.

어른이 되었으니 이젠 아니라 하고 싶었는데 들켜버렸습니다. 아직 울보인 걸. 매 순간 함께 한다 해서 잘 아는 것이 아니듯이, 오랫동안 각자의 삶을 살아내느라 서로의 시간을 알지 못한다 하더라도 다 모르는 것이 아니었습니다. 한 건의 사건만 내어 놓아도 일 년을 되짚어보기에 다 들켜버린 것 같아 멋쩍기도 했습니다.

교복 입던 우리가 성인이 되고 결혼해서 가정이 생기고 훌쩍 중년이 되어 있듯이, 어느 날에는 주름 가득한 백발의 노인이 되어 있겠지요. 그때에도 지금처럼 소녀가 되어 수다를 늘어놓고 서로의 얼굴을 보며 웃고 있겠지요. 떠올리면 웃음 지어지는 건 사랑한다는 말이고, 행복할 거라 짐작할 수 있는 건 그립다는 말이겠지요.

이렇게 함께 했으면 합니다. 해 맑던 우리가 왜 세상에 물들어 가는지 말해가며, 어른이 된다는 건 얼마나 어려운 일인지 늘어놓으며, 더 나은 방법은 없었는지 타박해가며 그렇게 같이 나이 들고 싶습니다. 단발머리 소녀였던 우리가 나이 들어가며 또다시 단발머리가 되어가듯이 결국 우리는 그때의 우리를 다시 만날 수 있을 것 같은 설렘으로 살아내면 좋겠습니다.

아주 먼 어느 날 즈음 공원 벤치에 나란히 앉아 말없이 웃더라도 그저 좋기만 한 날이 올 거라고 믿으며. 그렇게 오래도록 우리는 친구로 사랑하고, 안아주고, 보고 싶어 하며, 믿어 주기를.

그저 나는

그랬구나,

힘들었겠다.

그 한마디였는데.

그것이면 다 되는 거였는데.

- 허윤경 -

안부가 모든 것이 되는 일

괜찮아? 그 한마디 물음에, 얼마나 참고 있었는지 모를 눈물이 흘러내려 가슴팍에 떨어집니다. 온몸에 힘이 빠져 부여잡고 있던 것이 스르륵 놓아집니다. 그토록 부서져라 쥐었던 것들은 무엇이었을까요?

언제나 그들의 안부만을 물었던 내게, 나의 안부는 어떤 지 건네는 한마디에 무엇인지 모를 것이 무너져 내릴 것만 같은데 주워 담을 의지가 없습니다.

설움이 가득해서 북받쳐 오르는 날, 차고 넘치는 감정을 제어할 수 없는 날, 주저앉아 울고만 싶은 날, 꽁꽁 숨어버리고 싶은 날, 그런 날이 있잖아요.

좀 울어도 되겠죠. 잠시만 이대로 있어도 괜찮겠죠. 슬픔이 수그러들어야 딛고 일어날 테니까요. 조금만 닫혀 있을게요. 잠시만 그러겠습니다.

딱히 위로의 말도 아니고 응원의 말도 아닌데 그 한 마디가 눈물이 되어 위로가 되고, 결국 나를 일으키는 말이 됩니다.

내게 필요했던 건 많은 말이 아니었나 봅니다. 섣부른 위로도 막연한 응원도 아니었습니다. 그것이 모든 말이 되었습니다.

냉정하고 철없던 당신은
늘 자신을 맨 뒤에 세우던 나를 만나
모든 것에 내가 우선인 사랑꾼이 되었고,

그저 주는 것에만 익숙했던 나는
많은 것을 해주려는 당신을 만나
혼자 아무것도 할 줄 모르는 아이가 되었지.

당신을 사랑하는 일이
나를 사랑하는 일이 되었어.
철부지로 나이 들게 해 주어 고마워요.

- 허윤경 -

비혼을 권하는 달달한 부부

우리는 9살과 6살 두 딸이 있는 결혼 14년 차 부부입니다. 함께하는 것이 익숙하고, 함께여야 즐겁고, 함께하는 것들에 의미 두며 살고 있습니다.

무뚝뚝하고 말수가 적으며 타인의 감정에 동요하지 않는 무관심한 성격의 남자와, 말 한마디에도 의미를 부여하며 모든 것에 반응하는 감정이 과한 여자가 만나 서로의 다름에 홀렸고, 한 달짜리 연애라고 장담했던 만남이 평생 함께하기로 한 지 벌써 14년입니다.

거칠고 냉정한 그는 오로지 내게만 따뜻하고 다정하며 지금껏 한결같이 종종 사랑고백을 합니다. 세상에 많은 여자와 남자가 있지만 결국 우리가 만났고 함께했고 가정을 이뤘기에 우리는 서로보다 더 좋을 사람은 없다 결론 냈고, 서로만 바라보며 살자 약속했으며 비교적 달달하게 사랑하며 살고 있습니다.

결혼해서 함께하는 날이 늘어갈수록 사랑이란, 금세 달구어진 뜨거움보다 잔잔한 불씨의 따뜻함이 더 열기를 오래 품을 수 있음을 그가 알게 해 주었습니다. 연애할 때 같진 않지만 경험해 보지 않으면 알 수 없을 결혼은, 또 다른 사랑이었습니다.

화장기 없는 맨 얼굴을 어루만져 줄 사람, 나날이 몸무게 기록 갱신 중 이어도 괜찮다며 같이 술잔 기울여 줄 사람, 아파서 누워 있으면 팔이며 다리며 쥐나도록 주물러주며 걱정해 줄 사람, 가고 싶은 곳이 생기면 함께 갈 사람, 나이 들어 어떻게 살면 행복할지 함께 꿈꿔볼 사람, 그 모든 것이 그와 나인 것이 당연함이 결혼이었습니다.

잠자는 게 제일 좋은 잠만보 남자와 잠자는 시간이 아까워 평일 중 2~3일은 잠들지 않던 여자, 맛있는 음식에 진심인 남자와 먹는 것에 돈 들이는 것이 이해

불가였던 여자, 전자기기란 한 번 사 놓으면 고쳐 쓰고 못 고칠 때까지 쓰는 것이 상식인 남자와 신형 기기 개발 소식에 스펙을 좔좔 외우며 구입해 써봐야 직성이 풀리는 여자, 즉흥적이던 남자와 계획적이던 여자는 서로의 다름에 부딪혀 격하게 싸우기도 했습니다. 그런 것이 결혼이기도 했습니다.

우리 부부를 보면서 결혼을 달리 생각하거나 꿈꾸게 되었다는 말을 종종 듣습니다. 재미있고 예쁘게 사는 모습이 좋아 보인다고. 철없는 남자와 철든 척하는 여자의 삶이 재미있어 보였나 봅니다. 뭐, 우리도 사실 아직 서로가 웃기고 재미있긴 합니다. 잘 잤냐 물어보는 아내에게 걸어가면서 '뿌릉뿌릉' 뒤태 음향으로 대답하며 쑥스러워하는 남자, 애니메이션을 아이들보다 더 집중해서 보는 남자, 배고프면 먹이 달라 입 내밀고 짹짹거리는 아기 새처럼 남편의 음식을 기다리는 여자, 일어나라고 남편이 모닝 안마해 주면 더 곤히 잠드는 여자, 우리는 그렇게 일상이 코미디로 재밌게 살고 있습니다.

그렇게 결혼생활이 여전히 즐거움이고 사랑인 우리는 청첩장 주는 이들에게 하는 말이 있습니다.

"결혼은 미친 짓이야. 몇 달 뒤면 나 원망할 걸. 왜 말리지 않았냐고."

"죽어도 해야겠으면 결혼은 해. 그런데 아이는 낳지 마."

"아무리 생각해도 아이를 원한다면 한 명은 낳아. 그런데 둘은 안 돼!"

쇼윈도 부부는 아닙니다. 다만, 사랑을 결혼으로 맺음 하지 않기를 바랄 뿐이지요. 결혼은 그저 당사자들만 좋음으로 해결되지 않는 일이 너무나 많다는 걸 겪어내며 배웠기에 단지 그러함을 말해주고 싶음입니다. 연인일 때는 문제되지 않을 일들이 부부가 되면서 삐걱거리고 불편해지고 부담스럽고 누군가 희생이 따르는 경우의 일들이 많았습니다. 그것이 어떤 희생을 하게 했는지 몸으로 겪었고 너무 아팠기에 그저 우리와 같지 않기를 바라기 때문입니다. 그 모든 것을 감수하면서 곁에 있어주는 것이 결혼이라고 말입니다.

모든 것에 시작은 결혼이었습니다. 사랑으로 함께 하고자 한 결혼이었고 마치 인생의 맺음이라 여겨지겠지만 그것은 또 다른 시작이 되어 아이를 낳을지 말지, 한 명을 낳을지 더 낳을지, 일을 다녀야 할지 그만둬야 할지, 사직서 쓰고 싶은데 부양의 의무가 있기에 퇴사 결정이 어렵고, 월급은 통장을 스쳐 지나갈 뿐 머무르지 않으며, 나의 삶과 가족의 삶 같은 많은 선택의 기로에서 방황하며 울고 웃었습니다. 그런 것이 결혼이라는 걸 결혼을 결심할 때는 알 수 없었습니다.

모든 것엔 장단점이 있다지만 결혼이란 극소의 장점이 주는 의미와 행복의 부피가 크기에, 극대의 단점을 가려주는지도 모르겠습니다. 많은 기회를 앗아가고 그에 따른 부당함 들을 견뎌내며 어쩔 도리 없음에 무기력하던 많은 날들은, 결혼을 하지 않았다면 없었을 날들입니다. 하지만 그것들을 겪어내며 우리가 그토록 지켜내고 있던 건 다름 아닌, 가족이기도 했습니다.

우리는 여전히 서로에게 위로가 되고 힘이 되어 사랑하며 살고 있습니다. 때로는 배 아프도록 웃고, 꿀이 뚝뚝 떨어지는 눈 맞춤도 하고, 서로의 온기를 느끼며 사랑하고 의지하며. 또 때로는 죽일 듯이 눈 부라리며 싸우기도 하면서. 청첩장 주는 이들에게, 결혼식장에 서 있는 신랑 신부에게 지금도 늦지 않았다고 하면서. 여전히 비혼을 권하는 우리지만 이제는 서로의 다름에 홀려 매력으로 느끼던 날들은 보내 버리고 다름을 인정하고 배려하려 하면서.

만약 다음 생이 있다면 서로 스쳐 지나가지도 말자고 말하면서.

Chapter 4.

주저앉을 수는 없잖아요

다 알고 있는 말이지만

문득, 괜찮아지게 합니다.

때로, 나를 일으키게 합니다.

그저 그것으로 위로가 됩니다.

- 허윤경 -

나를 숨 쉬게 하는, 말 한마디

"너의 잘못이 아니야."

오랜만인 수다에 철부지 어린아이처럼 일상을 늘어놓았습니다. 아픈 곳이 더 많이 늘었고, 그래서 일하는 게 힘들고, 올해도 승진은 못했고, 여전히 경제적으로 너무 힘든데 부모님이 걱정하실 테니 나는 늘 씩씩한 딸이어야 하고, 아이들에게는 다정한 엄마가 되고 싶고, 시간도 물질도 능력도 늘 부족하기만 한데 나 자신을 내려놓지 못해 매일을 고통 속에 산다는. 그간 힘들었고 무거웠던 그래서 상처가 되고 아팠던 몇 가지 불운들을 개그처럼 꺼내 놓고 웃을 일이냐며 한참을 웃던 끄트머리, 친구가 건넨 한마디.

각자 사는 것이 달라 속속들이 다 알지 못하겠지만 어쩐지 내게 큰일이 있을 때마다 닿아지는 친구였기에 그 한마디에는 많은 의미가 담겨있습니다. 모든 것을 내 탓이라 할 거란 걸 너무도 잘 알기에 끊이지 않고 들이닥치는 불운들 모두 내 잘못으로 일어난 것이 아니니 혹여 그런 자책으로 더 무겁지 말라는 친구의 걱정을 다 알아요. 많은 말을 덧붙이지 않아도 온전히 마음을 느낄 수 있습니다.

그래서 더 눈가가 뜨거워졌어요. 누군가 마음을 알아준다는 것은 이런 것인가 봅니다. 웃으며 내놓은 말이지만 웃자고 한 말이 아니란 걸 너무 잘 알고 있는 거겠죠. 그리고 안타까운 겁니다. 이런 나를 곁에서 그저 지켜봐야만 하는 것이.

덕분에 용기를 내 보려고요. 오늘은 좀 괜찮아져도 되겠죠.

'내 잘못이 아니지. 내 잘못이 아니야. 그러니 울자. 퍼질러 앉아 소리 내 마음껏 울어버리자. 그만 좀 하라고 언제까지 나를 흔들어 댈 거냐 고래고래 소리도 지르자. 그래도 돼. 괜찮아.'

전화 한 통, 숨이 쉬어집니다. 수화기 너머 들려오는 숨소리만으로 그간의 무거운 걱정들을 짚어보는 이와 함께 웃는 것만으로도 위로가 된다는 걸 알고 있을까요, 그렇기에 한껏 숨어든 나를 때때로 찾아내는 거겠죠.

이따금 안부를 묻고, 괜찮냐 걱정하고, 나이기에 버티는 거라 토닥여주고, 잘하고 있다 응원해 주는 전화 한 통에 힘이 납니다. 오늘, 좀 가벼워졌어요. 온갖 불운들이 나를 무겁게 짓누르지만 쉽게 주저앉지 않을 겁니다. 안부 물어주는 그날까지 잘 버티고 있을 테니, 늦지 않게 다시 나를 찾아주기를.

사는 게 참 내 맘 같지 않아요.

잘하고 싶다고 잘해지지도,

안 하고 싶다고 안 할 수도,

무뎌지고 싶다고 둔해지지도,

상처받기 싫다고 괜찮아지지 않지요.

하지만,

그럼에서 멈추지 않는다면

분명 달라질 거예요.

그것은 우리의 선택과 결정입니다.

- 허윤경 -

불행을 나누는 여자

"괜찮아?" 괜찮지 않지만 괜찮아지게 하려 질문을 건넵니다. 여자는 자신에게 주어진 삶이 종종 버겁고, 무겁고, 지칩니다. 버티는 날 중 땅 속으로 들어가 버리고 싶을 때도 있고, 공기 중으로 사라지고 싶을 때도 있습니다. 그런 날은 누구의 응원도 담아지지 않습니다.

감당하기 어렵도록 힘든 날에도 여자는 힘을 냅니다. 자신이 무너지면 모두가 같을 것이기에 어떤 무게도 감당해야 한다는 걸 알고 있습니다. 때문에 무슨 이유이든 잡고 의미를 두어야 했습니다. 살아가기 위해, 지켜야 할 이들을 위해.

여자의 삶은 끊이지 않는 부당함과 불운으로 가득했습니다. 언제나 불행한 일 투성이었지만 쉽게 내려놓지 않았습니다. 어쩌면 너무나 불행했지만 알지 못했는지도 모르겠습니다. 불행하다고 느낄 순간마저 살아내야 할 고민과, 괜찮아야 할 무게에 눌려 불행함을 모르는 것일지도 모릅니다.

불행은 그림자처럼 여자를 따라붙었고, 그런 자신의 처지를 모른 채 그저 살아내는 일에 온 힘을 다하는 여자를 지켜보는 사람들은 내내 불안해했습니다.

불행이라 느껴질 일들이 참 많았습니다. 상처 주었던 어른들로부터 외롭고 주눅 들었던 유년 시절을 보냈고, 오랫동안 꿈꿔온 길목에서 난치병을 만나 꿈을 접어야 했습니다. 아이를 출산하며 생명이 위태롭기도 했고, 아이의 발달을 지키려다 오랫동안 자랑스럽던 일을 잃기도 했습니다. 나이와 경력이 많다는 이유로 이직의 문턱이 너무도 높았고, 단순한 복통이었는데 혹이었으며, 결림과 뻐근함은 어깨뼈가 내려앉아서였습니다. 살면서 한 번 정도 날 법한 교통사고를 몇 년에 한 번씩 겪고 있습니다. 작고 큰 불행들이 셀 수 없이 그리고 끊임없이 여자 곁을 맴돌았습니다.

앞으로 남은 날 얼마나 더 불행을 이겨내야 할지 알 수 없었습니다. 무엇이라도 의미를 두지 않으면 안 될 것 같았습니다. 잘 살아내야 할 이유가 필요했지요. 여자는 언제나 작고 큰 것들을 나누며 살아갑니다. 그것이 물건이기도, 마음, 슬픔, 아픔, 상처 같은 보이지 않는 것이기도 합니다. 가진 것이 없는 삶 속에서 나눌 것이 있다는 것조차 여자는 행복이라 여겼습니다. 그렇게라도 찾지 못하면 행복할 수 없을 것 같았습니다.

여자는 불행하다는 이들에게 자신의 불행을 나눕니다. 여자의 매 순간을 지독하게 따라붙던 불행을 나누면, 대부분의 사람들은 자신에게 닥친 불행은 그에 비해 이겨낼 도리가 있다며 위안을 받곤 합니다. 그들이 자신의 불행으로 괜찮아짐을 보면서, 아무짝에도 쓸모없는 끔찍한 것이지만 누군가에게는 위로가 되어주었고, 위로 받는 그들에게 자신 또한 위로 받음을 알았습니다. 어딘가에라도 쓰임이 된다는 것이 여자를 살게 했습니다.

살기 힘든 이유들이 계속 따라붙어도, 살아가야 할 이유들을 찾는다면 언제나 행복하지 않을 이유가 없을 것입니다. 여자는 그렇게 찾았습니다. 자신의 불행으로 괜찮아지는 사람들에게 그럼에도 행복한 사람으로 살아가기로 했습니다.

'끝없이 들이닥치는 불운이 나를 불행하게 합니다. 내 불행으로 당신은 안심하고, 괜찮아지세요. 위로 받는 당신으로 기운 얻어 저도 다시 살아가겠습니다.'

결핍은 때로 또 다른 나를 있게 합니다.
꺼내 놓지 않으면 알 수 없습니다.
있는 그대로 나를 인정한다면
분명 많은 것들이 달라집니다.
그러니 숨어들지 마세요.

- 허윤경 -

선물이 된 두려움

어쩌면 나는 매일 이별을 준비하는지도 모르겠습니다. 오래전 누군가와 긴 연애를 했을 때 수도 없이 이별하고 다시 만나고를 반복했지만, 끝날 수 있다는 생각을 해본 적 없었기에, 진짜 이별을 맞았을 때 제대로 살아내기 힘들었습니다. 지긋지긋했던 싸움도 더 이상 없었고, 끝없는 일탈을 어쩔 수 없이 용서하지 않아도 되었고, 모든 불안에서 벗어날 수 있었고, 자유로웠죠.

이별로 인해 그렇게 모든 것이 좋아졌음에도 나는 익숙함을 잃었던 상실감에서 벗어나기 고통스러웠고, 맑은 정신으로 살아내기 버거운 하루들을 보냈습니다. 그렇게 이별을 겪으며 내가 그토록 힘들었던 이유는, 제대로 마지막 인사를 건네지 못해서였다는 걸 알았습니다.

이별을 한 지 3년 즈음 지난 어느 날 마지막 인사를 나눴습니다. 그날 정말 많이 울었고, 거짓말처럼 괜찮아졌습니다. 누구도 들일 수 없었던 마음의 자리를 자연스럽게 내어놓게 되었습니다. 그렇게 알았습니다. 마지막 인사가 얼마나 중요한지를.

그때부터 였던 것 같아요. 대상이 누구든 인연이 되는 순간, 이별을 함께 생각했습니다. 둘도 없이 좋은 친구지만 '결국 우리는 이별할 수 있겠지. 결혼을 하고 아이를 낳고, 나이 들어가다 보면 멀어질 수 있겠지.' 하고 말입니다. 그렇게 멀어져도, 다시는 볼 수 없어도, 이미 준비했던 이별이었기에 조금 덜 슬프고, 조금 덜 아플 수 있었습니다.

어쩌면 사람을 잃는 것에 익숙해지자고 마음먹었던 것 같습니다. 처음 시작은 그랬어요. 상처받지 않기 위해, 덜 아프기 위해 만남과 동시에 이별을 생각했던 것 같습니다. 제대로 살아낼 수 없던 날들이 너무도 끔찍했기에 다시 겪고 싶지 않았습니다.

그렇게 지내다 보니 어느 순간부터는 함께 하는 사람들과의 시간이 소중하게 느껴졌습니다. 사람들의 삶이 궁금해졌고, 함께 웃고 함께 울고 함께 화를 내며 살아가는 매 순간이 의미 있어졌습니다. 그렇게 인연이 되는 그 모든 사람들을 매 순간 진심으로 대하기 시작했고, 진짜 마음을 건네기 시작했습니다.

'우리 관계가 마지막일 수 있으니까'라는 생각으로 되도록 함께하는 순간에 최선을 다해 좋기로, 즐겁기로, 행복하기로, 따뜻하기로 마음먹게 되었습니다. 마음속의 말을 잘 건네지 못해 오해도 많이 받고, 좋은 인연을 이어가지 못하기도 했지만 지금은 다릅니다.

나는 착한 사람이라는 말보다 따뜻한 사람이라는 말을 더 많이 들어요. 진심을 건네는 사람이라 좋다는 말을 많이 듣습니다. 사람들은 나와 함께 이야기 나누며 위로를 받고, 위로 받는 그들에게 나 또한 위안 받습니다.

너무도 아팠던 나의 과거가 결국 지금의 나를 있게 했습니다. 더 많이 웃고, 더 많이 행복할 수 있도록 나를 그리고, 삶의 태도를 변화시켰습니다. 어느 날 너무 아픔은 먼 훗날 더 단단한 내가 될 수 있음을 이제는 압니다. 지금의 아픔도 더 먼 훗날에는 더욱이 단단한 내가 되리라는 믿음은 그런 경험에서 알게 되었습니다.

더 이상 이별이 두려워 만남을 시작도 못하거나, 곁을 내어주는 일에 인색하거나, 마음을 건네는 일에 머뭇거리지 않습니다. 우리에게 주어진 날들이 얼마만큼인지 알 수 없기에 나는 오늘도 누군가와의 인연에, 늘 내 편이 되어주는 가족에게, 항상 곁을 지키는 친구들에게, 매 순간 최선을 다해 즐겁게, 행복하게, 사랑하고 싶습니다.

위로의 말이 위로가 되기보다

더 무거워지는 날이 있습니다.

그 무게를 감당하지 못하고

무너져버릴 것만 같은

그런 날이 있습니다.

- 허윤경 -

거센 바람이 말했습니다

강풍이 올 거라며 기상예보도 재난문자도 난리가 아니었습니다. 무엇이라도 휘감아 날려버릴 것 같이 거세게 불었습니다. 업무를 위해 건물을 이동하는 중 들고 있던 제품과 종이들이 모두 날아가 버렸습니다.

소리도 내지 못할 순식 간에 벌어진 일이며, 뛰어가 잡지 못할 멀고 먼 곳까지 날아가고 있었습니다. 만약, 주머니 어디엔가 사직서를 넣고 있었다면 지금 그것이 쓰일 때라고 생각했습니다. 날아가고 있던 제품과 종이들을 주우러 가는 대신 그저 멍하니 서서 날아가는 그것들을 쳐다만 보았습니다. '집에 가고 싶다.' 오로지 그 마음만 가득했습니다.

어떤 일이 일어났을 때 평소 마음가짐이란 이럴 때 툭 튀어나오는 게 아닐까 싶습니다. 만약 퇴사를 생각하지 않았다면, 회사에 애정이 가득했다면, 일이 재미있다면 혹은 그만두지 못할 절실함이라도 있었다면 그 순간 쓰지도 않은 주머니 속 사직서 생각이 간절하지 않았을 겁니다.

물질이 절실하지 않아서 아쉬울 게 없다면 거짓말이겠지만, 기왕 어딘가 소속되어야 한다면 좀 더 내가 잘 쓰일 곳에 쓰이고 싶음이고, 힘껏 일할 수 있는 지금을 낭비하고 싶지 않음이기도 합니다. 낭비라 함은 내가 필요한 곳에 있고 싶음일 것이며, 적어도 지금 이곳은 아니라는 말이기도 합니다.

꼭 나여야만 할 때, 일하고 있다는 기분이 듭니다. 내가 하는 말을 신뢰하고 내가 하는 일을 중히 여길 때 나 또한 일에 대한 사명감이 생깁니다. 튕겨 나갈까 억누르고 제대로 하고 있는지 감시하고, 잘 알고 있나 떠보며 불신한다면 그저 말 그대로 '일'을 하게 될 뿐입니다.

무엇이든 휘감아 날려버릴 것 같던 거센 바람은 내 마음을 휘감아 날렸습니다. 얼마나 세게 날려버렸는지 어디에 떨어졌나 모르겠습니다. 잃어버린 마음을 찾고 있지 않습니다. 그저 '어딘가 있겠지'하며 남의 일인 양 한 발짝 물러서 있습니다.

어느 순간부터 나는 멈춰 있습니다. 나아갈 준비로 제자리걸음조차 하고 있지 않습니다. 몇 번의 낙오로 상처받고 잔뜩 움츠러들었습니다. 나이가 많아 이직이 어렵고 무엇도 될 수 없다고 이미 늦었다고 스스로를 주저앉힙니다. 아이들은 아직 어려 엄마 손길이 필요하고 나는 그런 아이들이 중요하고 지금이 없으면 미래도 없으니 그저 오늘에 충실하자며 오만 핑계를 대고 있습니다.

만약 먼 훗날 90대의 내가 지금의 나를 본다면, 인생의 절반을 겨우 살아 놓고 나이 탓을 하며 다 살아낸 양 시도해 보지 않고 내려놓았던 많은 기회들이 너무나 안타까울 것 같습니다. 기회는 간절히 바라는 이들에게 돌아가기 바쁠 테니, 나처럼 바라지 않는 이들에게 돌아올 차례가 없는 것이 당연할 것이겠죠.

거센 바람이 내게 말했습니다. 안주하지 말라고, 아직 늦지 않았다고, 행복하자고.

일어날 일이었을 겁니다.

어절 수 없는 일이었을 겁니다.

분명 누군가의 잘못이겠지만,

원망한들 달라지진 않을 거예요.

\- 허윤경 -

첫눈 내리는 날

뭘 걱정하고 있는지 늘어놓지 못할 많은 것을 삼켜내고 있었습니다. 웃을 수도, 울 수도 없이 그저 평소와 같이 해야 하는 일들을 해내고 틈틈이 그것들을 해결할 방법을 찾아가며.

'눈 오네!' 누군가 외침에 창 앞으로 달려 나갔습니다. 눈이 내립니다. 첫눈. 제법 알이 커서 잠시 내리는 눈을 보고 있었습니다. 핸드폰을 꺼내 동영상도 찍고 사랑하는 이에게 첫눈 온다 영상 보내고, 생각나는 옛 동료에게 오랜만에 안부를 물었습니다. 눈이 내리니 그대와 함께 칼국수 먹으러 가고 싶다고.

해결 못할 걱정들을 끌어안고 있습니다. 혼자 할 수 없는 것들도 분명 있는데 그 마저도 방법을 찾느라 머릿속이 터져버릴 것 같습니다. 누군가와 나누면 좀 편해질 것 같지만 나눈 이가 걱정할 걱정에 다시 마음 쓰일 테니 혼자가 편합니다. 순간 드는 생각, 아무 걱정 없이 하루를 보내기란 참 축복받은 일이겠구나. 이렇게 내리는 첫눈에 설레고 퇴근 후 사랑하는 이와 무얼 먹고 무슨 이야기를 나눌까 할 수 있다면 그런 것을 누리는 삶은 얼마나 행복할까.

잠시 설렘으로 복잡하고 너저분했던 머릿속에 공기가 들어찬 것 같지만 한편으로는 이런 순간에도 한 무더기 걱정들을 쌓아 놓고 내리는 눈에 설렐 여유가 있나 스스로 채찍질하며, 이것이 뭐라고 나 따위는 누릴 수 없을까 좌절합니다.

오겠지요. 첫눈 오는 날 뜨거운 커피 한 잔 마시며 조용히 내리는 눈만 볼 수 있는 날. 그러기 위해 지금 이 많은 것들을 짊어지고 살아내는 거겠지요. 모두가 그렇듯 나 또한 열심히 달리고 있는 거겠지요. 잠시 그런 날 그려보며 위안 받고 힘내야겠습니다.

그저 그런 계절이 되어 내린 눈 하나로 철부지 어린 아이처럼 설레었다가, 이럴 때가 아닌데 타박했다가, 왜 그러면 안 되나 좌절했다가, 잘 살아보자 다짐했다가, 그런 날 오겠지 앞날을 그립니다. 더 나이 들어도 첫눈은 설렘이겠지, 꼭 지금이 아니라고 슬퍼하지 않아도 되겠지, 그런 날 오기만 한다면 괜찮은 거겠지. 그렇게 다독이며 오늘을 보내야겠지요. 그날이 너무 늦지 않기를.

그대가 누렸으면 좋겠습니다.

마땅히 행복하고

넘치게 사랑받고

충분히 존중받고

꿈꾸는 자유를.

오로지 그대 자신만을 위해.

- 허윤경 -

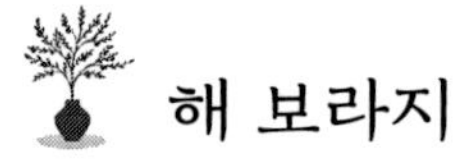

해 보라지

엄마의 부재를 핑계로 일을 잠시 쉬었던 그때의 결정을 종종 후회했습니다. 아이의 발달이 다시 잘 이루어졌고, 휴직한 기간 둘째 아이가 생겼고, 다시 휴직이 이어지며 복직이 어려워졌습니다.

'아이 곁에 있는 결정을 내리지 않았더라면'이라는 생각을 힘에 부치는 순간마다 안 할 수 없었습니다.

긴 휴직 기간 동안 참 많은 일들이 있었습니다. 오붓하게 우리 식구만 함께인 시간들이 소중한 날도 있었고, 아이의 작은 일상들을 함께 함에 행복한 순간도 많았고, 출근 시간 무거운 눈꺼풀을 들어 올리지 않아도 됨에 가벼웠고, 친구와 커피 한 잔 놓고 하는 수다도 즐거웠죠.

하지만 30대 중 반까지 일을 해왔던 내가 독박 육아, 그것도 발달이 늦어지고 있는 아이를 홀로 육아한다는 것은 정말 쉬운 일이 아니었습니다. 행복했던 순간만큼 끔찍했던 순간도 함께 공존했던 나날들이었습니다.

네 살이 되어가도록 말문을 닫아버린 아이를 하루 종일 마음 졸이며 함께 시간을 보내는 것, 밤낮이 뒤바뀌어서 점심이 다 되도록 잠을 자고 일어나 새벽이 훌쩍 지나서야 잠이 드는 아이의 생활패턴, 경제적으로 불안했고, 복직이 가능할까 다시 일을 할 수 있을까 조마조마했습니다. 그 모든 것들이 나를 안절부절 못하게 했습니다. 휴직을 했지만 온전히 쉬어갈 수 있는 시간이 아니었습니다.

다시 일을 하는 엄마로 살고 있습니다. 그간 꾸려온 경력과 동일한 업무를 할 수 없었습니다. 큰 기업은 경력 많고 나이 많은 아이 엄마인 여성 직원을 불편해 했고, 작은 기업은 동일한 이유로 부담스러워 했습니다.

물론 나의 스펙이 나무랄 것 없이 뛰어나고 탐났다면 어느 기업이든 그만한 대가를 감수했겠지만, 꼭 그런 스펙이 아닌 데다가 전자의 이유들까지 더해져 나는 더 이상 기업에서 요구하는 인재가 아닌 듯했습니다. 자존감 하나로 지금껏 버텨왔는데 이제 그 자존감이란 녀석은 어디 꽁꽁 숨어 도대체 나올 생각이 없습니다.

작은 기업에서 경력을 살리지 못한 업무를 하고 있습니다. 때때로 혹은 종종 내 업무가 아니거나, 과하게 쌓여 있는 업무를 하지 않았다고 말을 듣기도 합니다. 늘 정당하지 않다고 생각하지만 결국 아직까지 벗어나지 못하고 있는 이유는, 경력과 나이가 많은 아이 있는 여성이며, 자기 계발에 노력하지 않았음이며, 연차가 자유롭고 잔업과 특근이 거의 없기 때문입니다.

인정하고 싶지 않으나, 자녀가 어린 엄마는 아이들의 일로 급하게 연차를 사용해야 하는 경우가 종종 생깁니다. 그런 이유들로 나는 지금 이곳에 있습니다. 더 나아가지 못하고, 도망가지 못하고 그저 종종거리며 제자리걸음 뿐.

이 나이에도 이렇게 안주하고 있는 모습이 싫습니다. 인정하고 싶지 않은 이유들 뒤에 숨어 비겁하게 시간을 흘려 보내는 것이 너무 한심하기도 합니다. 내 일이 없을 것처럼, 곧 늙어 노인이 될 것처럼 시간이 지나감에 초조함을 느낍니다. 그렇지만 나는 아무것도 하고 있지 않아요. 제자리걸음은 그저 멈추지 않기 위한 아주 작은 몸부림일 뿐.

나는 흔히 말하는 '강강약약'인 사람입니다. 강한 것에 강하고 약한 것에 약하다는 뜻이죠. 이렇게 모든 것이 내가 꺾여야 할 이유가 된다면, 나는 쉽게 꺾여 줄 생각이 없습니다. 뭐 딱히, 어떻게 해야겠다는 계획이나 각오가 있는 것은 아니지만, 되는대로 다 해보는 수밖에 없겠지만 그럼에도 나는 해 볼 것이고, 어느 날엔 하고 있을 겁니다.

내 주변에 머무르고 있는 불운들은 나를 더 씩씩한 사람으로, 더 단단한 사람으로 이끌어 줍니다. 불운들이 모여 나를 더 나 답게 살게 하기도 합니다.

해 보라지. 절대 꺾일 생각이 없습니다. 나는.

누구에게나 죽음은 공평합니다.

준비할 수 있냐, 못하냐의 차이일 뿐.

그것을 인정하는 삶이란

매 순간,

애쓰지 않을 이유가 없습니다.

사랑하지 않을 이유가 없습니다.

- 허윤경 -

나를 일으키는 말

종종, 나는 멈추고 싶습니다. 여유가 없다는 핑계로 몸을 돌보지 않았고, 아끼지 않았으므로 많은 양의 약에 의지하는 삶이며, 나 자신보다 중요한 것이 많았으므로 내가 없는 삶을 살고 있습니다. 그래서 때때로 나는, 그러한 삶이 지칩니다. 멈추고 싶고, 놓아 버리고 싶고, 혹은 사라지고 싶습니다.

주어진 대로 살지 않으려 부단히 애를 쓰는 삶이란, 그 무게를 가늠하기 어려울 겁니다. 그 무게에 눌려 어느 날은 저리기도, 또 어느 날은 쥐가 나기도 합니다. 전조증상들을 모른 척 살아가다가는 그 무게를 견딜 수 없을 때가 옵니다. 이미 그때는 늦었음을.

퇴근 후 집에 오면 엄마로, 딸로, 아내로 다시 출근을 합니다. 친정 부모님께서 아이들을 돌봐주고 계시고, 많은 것들을 도와 주시지만 나의 역할로 나만이 해야 하는 일은 언제나 있기 마련입니다.

엄마의 퇴근을 하루 종일 기다렸던 아이들은 쉬지 않고 수다를 늘어놓죠. 그럴 때 보통 내 손에는 빨래나 쓰레기 혹은 그릇이 들려 있습니다. 더 이상의 기다림이 힘든 아이들이 집안일을 하는 엄마에게 수다를 늘어놓고 있는 것이죠. 최선을 다해 리액션을 보이지만 아이들은 알고 있을 겁니다. 엄마가 흘려 듣고 있다는 것을.

지병이 있으신데다 요즘 들어 아픈 곳이 늘어가는 친정 아빠가 방에서 나오시지 않고 혼자 핸드폰만 하실 때면 마음이 불편하신 건 아닌지 살펴보게 됩니다. 어울리지 않는 수다와 농담을 건네면 보통 그럴 때 농담으로 되받아 주시는 아빠는 썩 괜찮은 날이고, 별말이 없거나 시큰둥한 반응인 날이면 무슨 일이 있으실까 말도 못 할 걱정에 밤잠을 설치곤 합니다.

젊어서부터 고생을 많이 하신 친정 엄마는 신체 어디 한군데 멀쩡한 곳이 없습니다. 그런 지경에도 오로지 가족이 먼저인 엄마기에, 아픔을 자식에게 보이지 않으려 진통제로 숨기기 바쁩니다. 첫아이를 낳고부터 지금껏 같이 살고 있기에 이제 진통제 뒤로 숨은 엄마의 통증 정도는 눈빛만 보아도 알 수 있습니다. 숨은 통증을 찾아낸 날은 마음이 저려, 몸이 아픈데 도와준다고 하는 일들은, 나를 도와주는 것이 아니라고 걱정되는 마음을 어린아이 투정부리 듯 마음 그대로를 말하지 못할 때도 있습니다.

남편은 대체적으로 퇴근이 늦기 때문에 아이들의 모든 일은 나에게 주어진 숙제입니다. 준비물, 숙제, 등교할 때 입을 옷, 신발 상태, 실내화 상태, 연필깎이, 알림장 확인, 목욕 등 작고 소소한 마음 씀이 모두 내 몫인 것에 종종 버거움을 느끼기도 합니다. 그럴 때면 남편을 향한 말들에 송곳처럼 뾰족하게 날이 서있습니다.

힘에 부치는 때가 올 때마다 생각합니다. 아마도 삶의 무게에 눌려 저리거나, 쥐가 나는 때가 아닐까 싶습니다. '지금이 마지막 순간이라면' 만약 내 인생의 마지막을 알고 있다면, 아주 작고 사소한 일도 담아두려 했을 것이며, 기억하려 했을 것이며, 좋았으면, 즐거웠으면, 행복했으면, 최선을 다했으면 했겠죠. 후회 없도록 사랑했을 겁니다.

이 순간이 마지막이라면, 손에 있는 집안일들을 내려놓고 아이들과 장난을 쳤겠죠. 아이들을 안아주고, 입을 맞추고, 할 수 있는 만큼 사랑한다 말했겠죠. 꿈이 무엇인지가 아닌 어떤 사람이 되고 싶은지 물었을 테고 남부러운 직업이나 돈을 많이 벌 수 있는 직업이 아닌, 하고 싶은 일을 하며 살라고 말했겠죠. 가장 중요한 건 마음이 건강한 어른이 되는 것이라고 말했을 겁니다.

이 순간이 마지막이라면, 살그머니 눈치만 살필 것이 아니라, 아이들에게 모든 것을 허용해 주시고 사랑해 주시는 친정 아빠께 감사하다는 말을 했겠죠. 서운

해 하기 보다 미안해 했을 겁니다.

이 순간이 마지막이라면, 남편에게 말을 따뜻하게 해 달라고 더 표현해 달라 하지 않고, 다 알고 있다고 표현하지 않았어도 오로지 나만 이었음을, 모든 것에 내가 우선이었던 당신이 늘 고마웠고 행복했다고 말했을 겁니다.

이 순간이 마지막이라면, 아픔을 열심히 숨기는 엄마를 위해 나 또한 열심히 모르는 척을 했겠죠. 그 모르는 척을 하기 위해 다음날 엄마가 가족을 위해 어떤 일을 하실지 예측되는 일들을 몰래 먼저 해 놓을 겁니다. 성공한다면 엄마는 자식을 위해 또 많은 걸 배려했다는 마음으로 편해지실 테니까.

그런 마음으로, 멈추고 싶은 전조증상들이 느껴질 때마다, 마음을 다잡고 몸을 일으키며 힘을 냅니다. 어쩌면 나의 애씀은 마지막을 맞았을 때, 후회하고 싶지 않음일지도 모릅니다. 흔히 '그럴 걸'이라는 후회로 마지막을 맞고 싶지 않은 바람일지도. 이렇게 나이

들어가면 좋겠습니다. 언제나 마지막을 생각하는 삶. 순간에 최선을 다하며, 작고 소소한 일들을 놓치지 않으면서.

Chapter 5.

그대에게
건네는 나의 진심

지기만 하는 삶이어도 괜찮습니다.

차곡차곡 쌓이면 그것은 그대가 됩니다.

지는 것들에 마음 두지 말고

지켜야 하는 것들에, 살게 하는 것들에

마음을 다할 때 이길 수 있습니다.

- 허윤경 -

그대에게 묻습니다. 왜,

사람들은 내게 많은 이야기를 건넵니다. 주로 분노했거나 슬프고 상처받았던 이야기, 혹은 비밀스러운 마음속 이야기를. 심지어 처음 만나는 사람인데도 아무에게나 털어놓을 수 없는 가족사까지 이야기를 합니다. 나는 그들과 함께 분노하며 눈물을 흘리고, 아파하며 비밀스럽게 이야기를 나눕니다. 우리의 나눔은 감정을 쏟아내는 데에서 끝나지 않고 감정을 함께 나누며 듣고 싶어 하는 말과 분노를 가라앉히고 위안될 말을 나눕니다.

"공부 못해도 자격을 준다면 나는 정신과 의사가 되고 싶어."

어렸을 때 이런 말을 했었습니다. 의사가 될 만큼 공부를 잘하지 못했지만, 사람들의 상처와 아픔을 함께 나누는 사람이 되고 싶었던 것 같습니다. 그때는 정신과 의사만이 그럴 수 있다고 생각했지만 지금은 꼭 의사가 아니어도 된다는 걸 알지요.

사람들은 내게 많은 이야기를 내어주면서 하나같이 이렇게 말합니다.

"이상하다, 내가 왜 이런 이야기까지 하고 있지?"

"처음 만나는 사이인데 왜 이런 말까지 나오는지 모르겠지만,"

어떤 이들은 나의 인상이 선하기 때문인 것 같다고, 혹은 입 무게가 무거워 보여서라고 말합니다. 때때로 그들에게는 적당한 거리의 대나무 숲이 필요했던 건 아닐까요.

'왜, 무슨 일인데?'

'왜, 그랬어?'

'왜, 그래야 하는 거야?'

'왜, 그렇게 생각해?'

'왜, 그럴까?'

'왜'라는 물음으로 그들이 원하는 대화가 무엇인지, 어떤 감정을 쏟아내고 있는 건지 알려고 노력합니다. 나는 공감 능력이 매우 좋은 편이고, 그런 나의 성향은 그들에게 위로가 되는 듯합니다. 나의 말이 위로가 되고 힘이 될 때 나는 더, 잘 살고 싶어집니다. 지기만 하는 삶 속에서 주저앉고 싶을 때마다 나를 일으키는 건, 나의 말이 나의 글이 위로가 되는 것을 느꼈을 때입니다. 나는 필요한 사람이 되었을 때 행복감과 만족감을 매우 크게 느낍니다. 반대로 말하면 필요한 사람이 되지 못했을 때 상당히 깊은 상실감을 느끼지요.

나는 말하는 것을 좋아하지 않습니다. 어쩌면 싫어하는지도 모르겠습니다. 첫째 아이도 말을 하지 않았습니다. 엄마가 말없이 행동으로만 모든 것을 하다 보니 아이도 다섯 살이 되도록 언어 발달이 되지 않았습니다. 유치원의 권유로 발달검사를 진행했는데 아이는 말을 못 하는 것이 아니라 하지 않는 것 같다고 했습니다. 그렇도록 말하는 것을 싫어하면서도 나는 모든 사람과 많은 말을 나눕니다. 때로는 이야기를 하며 나누었던 감정들이 버거워 힘겨운 날들도 있습니다. 나는 이야기를 나눌 때 감정 소모를 많이 하는 편이기 때문입니다. 그저 나 하나 살아내기에도 너무 버거운 삶인데 그들의 감정까지 얹어져 그 무게를 견디지 못할 것 같은 날들이 있습니다. 하지만 감정의 무게가 힘겨운 날에도 사람들의 이야기를 듣고 마음을 나누지요. 무게는 더 무거워지지만 누군가에게 위로가 된 나는 더 가벼워지기 때문입니다.

세상에 대부분의 사람들은 모두가 사연이 있고 이유가 있는 삶을 살아갑니다. 나는 가진 것이 너무도 많이 부족하고, 지켜야 할 것이 많은 삶을 살고 있습니다. 그리고 누구에게도 부족한 사람이 되지 않으려 순간마다 많은 애를 쓰며 살아갑니다. 내일이 없을 것처럼 오늘 하루를, 지금 순간을 그냥 허투루 보내지 않으려 애를 씁니다.

이기고 지는 것이 없는 삶이면 너무 좋겠지만, 어느 한쪽이 있다면 나는 늘 지고만 있는 삶을 살고 있음이 분명합니다. 어쩌면 나는 내가 누군가의 위안이 되고 싶다는 생각으로 매번 이기지 못하는 삶 속에서도 주저앉지 않는지도 모르겠습니다. 이렇게 매일을 지는 삶이지만 이기지 못해도 잘 살고 있다고, 내게 가장 중요한 몇 가지를 제외한 모든 것은 늘 진다 해도 괜찮더라고, 그러니 부디 나에게서 희망을 보기 바란다고.

위로가 되고 싶다는 말은 그저 그들에게 도움이 되고 싶음보다 내가 더, 잘 살고 싶은 거였습니다. 주저앉을 이유가 너무 많은 삶이지만 주저앉지 않을 이유였고, 쓰임이 되는 삶 속에서 살아가야 할 이유를 찾으며 지는 순간마다 잘 이겨내고 있던 거였습니다. 다른 이들에게 위로가 되는 내가, 나 자신에게도 위안이 됩니다.

지침의 연속인 삶이지만 지금도 많은 순간 위로를 건네는 삶을 살고 있습니다. 내가 건네는 '왜'라는 한 글자가 대나무 숲이 절실한 이들에게 위로가 될 거라고 믿습니다. 위로를 받는 그들에게서 나 또한 위안을 얻으니 말하기를 싫어하지만 '왜'라는 나눔을 멈출 수 없습니다.

앞으로도 나는 잘 살기 위해 위로가 되고 싶고, 위로가 되기 위해 더 많은 '왜'를 건넬 것입니다.

누구 한 명쯤 말해줘야 합니다.

그게 나라도 괜찮습니다.

이대로 무너질 수는 없잖아요.

그렇게 둘 수는 없습니다.

- 허윤경 -

그러기로 해요

'괜찮아요.'

감당해야 한다면 내려놓는 것마저 애써야 할 테니 아무것도 하지 않아도 돼요. 그냥 그대로 있어도 돼요. 너무 애쓰지 않아도 됩니다. 당장 무슨 일이 생기지 않을 거예요.

'잘하고 있어요.'

이만큼 버텨내기 힘들 거예요. 누구라도 그대만큼 할 수 없을 겁니다. 충분히 잘하고 있으니 잘하려고만 하지 않아도 돼요. 조금 부족해도 괜찮아요.

'울어도 괜찮아요.'

좀 운다고 큰일 나지 않아요. 우는 순간 다 무너질 거라 넘겨짚지 말고 그만 버텨요. 좀 울어 봐요. 울고 나면 달라질지 모르잖아요. 후련해질지 모르잖아요. 괜찮아질지 모르잖아요.

'말해도 괜찮아요.'

도와 달라고, 힘들다고, 외롭다고, 그만하고 싶다고 마음속 있는 말을 내뱉어도 돼요. 말하면서 들이쉬고 내쉬며 숨 고르기 하다 보면 숨이 쉬어지는 날도 오지 않을까요.

'약해져도 괜찮아요.'

늘 강할 수 없잖아요. 잠시 약해져 있어도 돼요. 너무 강하기만 하면 부러지듯이 이렇게는 오래 버틸 수 없을 거예요. 강해지지 않아도 되지만 더 강해지기 위해서 조금 약해지는 것도 필요합니다.

모두를 지키려다 그대 자신을 잃을 수 있어요. 진짜 괜찮아야 뭐든 괜찮아지는 겁니다. 씩씩한 척, 용기 있는 척, 상처받지 않은 척, 괜찮은척하다 보면 정말 걷잡을 수 없이 무너질지 몰라요. 그러니 흔들거리더라도 잡아줄 수 있도록 조금만 견디고 잠시 쉬어가며 오래도록 버텨 주었으면 해요.

덜어주지 못하겠지만 잠시 꺼내줄 수는 있게 해 줘요. 오르막길 끌어 주지 못하더라도 넘어지려 할 때 뒤에서 등받이라도 되게 해 줘요. 그렇게 조금씩 함께 해 보기로 해요. 그러다 좋은 날 올 때 우리 같이 하기로 해요. 잡은 손 놓지 말고 그날에 그렇게 함께 웃기로 해요.

아무것도 하지 않았습니다.

웃지 않으니 예의 없다고,

상냥하지 않으니 불편하다고,

살뜰히 챙기지 않으니 불친절하답니다.

그저 난,

고통을 당연히 여긴 것에 대한 분노였고,

상처받을 마음을 간과한 벌이었고,

주저앉지 않으려는

최소한의 발버둥이었는데

내 웃음과 친절, 배려를

당연하게 여겼던 이들에게

아무것도 하지 않았던 나는

무엇을 하고 있는 것이기도 했습니다.

- 허윤경 -

상실한 그대

어떤 것을 감수하고라도 지키고 싶은 관계가 있지만, 온 힘을 다해 애를 써 보아도 결국 잃기도 합니다. 불가피하게 꼭 지켜야만 하는 것이 아니라면 결국 잃었습니다. 애써 잡아도 이미 틈이 벌어졌다면 언젠가는 갈라지게 되어 있어요.

지키고 싶은 것과 지켜야 하는 것을 구분해야 합니다. 사람을 잃는다는 것은 단지 한 명의 주변인이 멀어짐만을 뜻하진 않을 거예요. 그를 생각하면 떠오르는 기억들을 모두 함께 잃는 것이지요. 좋았던, 슬펐던, 행복했던, 즐거웠던, 화났던 함께했던 모든 기억과 감정들을 도려내야 하는 일이겠지요. 하지만 우리는 살면서 매 순간을 다 기억하지 못하잖아요. 한때 소중했고 중요했더라도 기억하지 못하면, 그저 잊혀지는 겁니다. 그렇게 잃어야 하는 것에 대해 기억하지 못하듯 가벼워져야 해요.

어쩔 수 없이 잃었다면 돌아보지 말아요. 후회와 원망만 남을 것이 분명하잖아요. 답이 돌아오지 않을 텐데 틈날 때마다 '왜'라는 질문을 던지게 될 거예요. 이유가 분명할 수도 있고, 그렇지 않을 수도 있어요. 다만, 모든 것이 나의 탓이라고 자책하지 말아요. 멀어질 거였다면 이유가 무엇이건 이미 멀어질 준비를 하고 있었을 겁니다. 지키고 싶은 더 많은 것들에 마음을 주는 것이 옳아요.

익숙해져야 합니다. 앞으로 살면서 더 많은 날 잃어야 하는 것들에 때마다 상처받지 않았으면 합니다. 나만 잃지는 않았을 거예요. 나를 잃은 것도 작지 않은 아픔이 되었을 겁니다. 불행히도 우리는 서로에게 상처로, 아픔으로 남겠죠.

처음인 순간부터 영원함을 기대하지 마세요. 그런 건 없는 것 같아요. 애초에 없는 것을 영원할 거라는 앞선 생각들로 마음을 채우는 건 움켜진 모래와 같겠죠. 움켜쥘 수 있을 것 같지만 결국 그것은 욕심일 뿐.

적당한 거리를 유지해야 합니다. 누구나 깊은 마음을 반기지 않을 거예요. 무턱대고 마음을 건네는 건 감정을 나누는 것과 다른 것 같아요. 모든 사람의 마음 크기가 같지 않음을 인정하고 받아들여야 합니다. 넘쳐흐르는 건 결국 버려지는 것과 같으니 애초에 건네지 않는 것이 나을 수 있어요.

누구의 잘못도 아닙니다. 왜 그랬을까, 누가 문제였을까, 달라질 수 있을까 찾아내려 애쓰지 않아도 됩니다. 혼자만의 생각은 결국 자책이나 원망 둘 중 하나의 답만 줄 뿐입니다. 어쩔 수 없는 일은 그저 온 힘을 다해 내려놓는 것도 할 수 있어야 합니다.

너무 길게, 너무 깊게 슬퍼하지 마세요. 잃었으니 얻어지는 것도 있을 겁니다. 지켜야 할 것들을 잃지 않는 것에 더 마음 주다 보면 괜찮아지는 날도 올 겁니다. 결국 모두는 나와 결이 같은 사람 곁에 남게 되죠. 그렇게 작고 큰일들에 잃어지기도, 얻어지기도 하는 게 인생이더라고요.

어떤 상처가 얼마나 깊은 지

그대만이 가장 잘 알 거예요.

결국, 위로의 답은 자신에게 있습니다.

그것으로 흉터가 남을지, 새살 돋을지

알 수 없는 게 인생이지만

그럼에도

덜 아프고, 덜 흉 지면

좋겠습니다.

- 허윤경 -

그대 때문이 아닙니다

같은 일들이 반복되면 자신 때문이라고 여겨질 수 있습니다. 그럴 수 있죠. 하지만, 나 때문에 일어난 일에 상처받고 괴로운 사람이 오로지 나만 일리가 없습니다. 그러니 그건 결코 그대 때문이 아닌 겁니다.

자책하는 사람들은 대부분 자신 때문인 일을 하지 않습니다. 그럴 것을 알기에 매사 조심하고 배려하기 때문이죠. 그러니, 그럴까 싶어 종종거리고 스스로를 상처 내지 마세요. 한 발자국만 뒤로 물러나서 차분히 들여다보면, 그저 나는 홀로 싸우고 있을지 모릅니다. 그러지 않으면 진짜 혼자가 될까 두려워서 말이죠.

이미 답이 정해진 문제에 또 다른 답을 찾으려 스스로를 자책하고 몰아가지 마세요. 그렇게 만든 사람은 분명 아무것도 알지 못할 겁니다. 알고 싶지 않을지도 모르죠. 왜 그런 사람들에게 우리는 스스로를 내어 주는지 모르겠습니다. 어쩜 알면서도 그럴 수밖에 없는 것일지 모르지만, 그럼에도 자신을 지켜내야 합니다.

세상 무엇보다 그대의 마음이 가장 중요합니다. 그것을 절대 잊지 마세요. 나 스스로가 자신을 사랑하고 아끼지 않는다면, 믿어주지 않는다면 누구도 그런 맘으로 나를 대해주지 않을 거예요. 결국 자신과의 싸움일지 모릅니다.

누군가를 배려하고 안아 주기 전에 나 자신에게 너그러워져 보세요.

'그럴 수 있어. 괜찮아. 잘했어. 고생했어. 충분해.'

사랑하는 마음은 그리 거창하거나 대단한 말이 필요한 게 아닙니다. 있는 그대로 자신을 인정해 주는 것, 왜 그랬냐 타박하지 않고 더 잘할 수 없었냐 질책하지 않고 그저 괜찮다고 말해주는 것, 어쩌면 그대가 매일 누군가에게 건네었을 말들입니다.

참아내지 마세요.

누구도 그대에게 함부로 할 자격 없습니다.

그만하면 됐습니다.

더 견디지 마세요.

자신을 토닥여 주세요.

잘 버텨냈다고,

더 이상 아프지 말자고.

- 허윤경 -

애쓰는 그대를 위해

어긋난 인연은 그대로 두었어야 했습니다. 누구 하나라도 사라지면 다 끝나버릴 것처럼 그렇게 안달하고 아파할 일이 아니었습니다. 억지로 이어 붙이려 했더니 달랑달랑 언제 끊어질까 조바심 내야 했습니다. 잃을 수 없겠지만, 잃지 않아야겠지만, 결국 그래야 했던 건 그렇게 될 가능성이 높습니다.

당장은 너무 아플 거예요. 어쩌면 생각보다 더 오래도록 그렇겠지만 어쩔 도리가 없습니다. 아플 만큼 아파도 끝나지 않을 거예요. 어느 날에는 통증이 사라지기도 하겠지만 그렇다고 괜찮아진 건 아닐 겁니다. 겪어보니 몸부림친다 해서 나아지지 않았고, 상처 난 자리 새살이 돋았다고 해서 완전히 재생된 것이 아니었습니다.

이 나이가 되어도 답을 찾지 못하고 그저 닥치는 대로 슬퍼하고 지워지지 않는 그림자를 부둥켜안고 살아갑니다. 그러니 너무 애쓰지 말아요. 놓치지 않으려고, 살아내려고, 조바심 내며 발 동동 구르지 말아요. 그런다고 붙잡히지 않습니다. 얼마간은 그럴 수 있겠지만 오래가지 않아요. 결국 나만 더 오랫동안 깊게 아플 뿐입니다.

이어가도록 노력해야겠지만 여유를 가져야 해요. 결국 잃어야 했을 때 다시 일어날 힘 정도는 남겨 놓아야 합니다. 자신을 잃지 않도록 온 마음을 다 하지 않아야 합니다. 알고 있겠지만 쉽지 않을 거예요. 하지만 우리 그러기로 해요. 잘 안되겠지만 자신을 위해서도 애쓰기로 해요.

그것을 잃은 상실감에 나 자신이 사라져가는 것을 모르지 않기로 해요. 그대가 아프지 않기를, 깊게 다치지 않기를 마음 다해 응원할게요.

잔뜩 분노한 마음을 이해합니다.

서러움이 북받친 눈물을 공감합니다.

애써 누르고 있을 인내가 보입니다.

그럼에도 어쩔 수 없음이 미안합니다.

마음을 인정하는 일

참, 어려운가 봅니다.

- 허윤경 -

울어도 괜찮아요

울고 싶은 만큼 다 울어요. 그래야 괜찮아질 거예요. 억지로 참지 마세요. 그럴 이유가 없잖아요.

이유도 없이 눈물이 흐를 때가 있습니다. 아니, 엉엉 소리를 내며 어린아이처럼 울어 버릴 때가 있죠. 도대체 왜 우는지 나조차 이유를 모른 채 그저 나오는 울음을 틀어막지 못하고 나의 의지와는 상관없이, 그럴 때가 있습니다. 그러지 않으면 문제가 생길 것처럼, 쥐고 있는 것을 다 놓아버릴 것처럼.

한참을 목놓아 울어버리고 나면 무슨 이유였는지 알 것도 같은데, 여전히 모르겠습니다. 왜 그렇게 울었는지. 다 울고 나면 후련해질까요. 역시, 그저 별일 없던 듯 그렇습니다. 이유도 없이 이러는 내 모습이 답답하거나 한심해 보일지도 모르지요. 알 수 없는 건 알아지지 않아도 그대로 두는 것이 답이려니 하면 좀 쉽습니다.

그저, 그런 날이 있는 겁니다. 울어야 하는 날, 참으면 탈이 나는 날, 그럴 땐 다 내려놓고 저 아래 뱃속 힘까지 끌어내 울고 나면, 해결되진 않겠지만 적어도 다시 살아낼 힘 정도는 솟을 겁니다. 그 정도 힘만 생겨도 당분간 또 살아지겠죠. 잊혀지진 않아도 잠시 지나칠 순 있겠죠.

괜찮아요. 다 괜찮아요. 그러니 울어요. 울지 말라고 울긴 왜 우냐는 말들에 힘 빠지지 않아도 됩니다. 자신에게 필요한 일을 하세요. 가슴이 시키는 일을 하세요. 그게 울어야 하는 거라면 울고, 분노해야 하는 거라면 분노하세요. 그래야 또 살죠.

좀 운다고 뭐가 크게 달라질까요, 큰일이 생길까요, 그냥 우는 거죠. 눈물이 나오니까. 울어야 살겠으니까. 이유 모를 서러움과 그렇게 그냥 마주하는 거죠.

그럼 어쨌든 또 잠시 사니까.

그런 그대를 아무것도 묻지 않고 토닥여주고 싶습니다. 따뜻함을 손바닥 가득히 담아 서러움이 북받치도록.

좋은 사람이 되고 싶다는 건
다 내어주는 것인 줄 알았습니다.
그래도 괜찮은 줄 알았습니다.

더 이상 내어줄 것이 없을 때 알았습니다.
얼마나 부질없음이었는지.
마음은 일방적인 것이 아니었습니다.

- 허윤경 -

적당한 것의 중요성

무엇이 되지 않아도 괜찮습니다. 늘 그래야만 할 것 같은 부담에서 벗어나도 괜찮아요. 그렇게 그대의 애씀으로 곁에 있는 사람들은, 지친 그대를 쉽게 떠나버릴 수 있습니다. 마음을 다 내어준 사람의 떠난 자리는 아름다울 수 없습니다. 아주 오랜 시간에 걸쳐 상처와 슬픔으로 도려내야 하는 고통일지 모릅니다.

괜찮다고 하겠죠. 바라지 않는다고 할테죠. 그렇지만 돌아오지 않는 마음에 상처받고 아파할 것을 알고 있습니다. 아니, 건넨 마음을 쉽게 생각함이 서운하겠죠. 그런 마음을 가졌다는 것마저 미안해 또 혼자 감당할 것을 알아요.

나의 쓸모를 나 자신이 아닌 다른 곳에서 찾지 않기를 바랍니다. 다른 이에게 쓸모없다고 버려져도 마땅한 건 아닙니다. 어딘가에 무엇이 되려고 애쓰다 보니 그저 나의 쓰임새를 희생으로만 치부했던 건 아닌지 생각해 봐야 합니다.

주기만 해야 하는 관계에서 더 이상 머뭇거리지 마세요. 그것이 마음이든 물질이든 옳은 관계가 아닙니다. 주는 만큼 꼭 받아야 하는 건 아니지만, 받는 것에 익숙해 고마움을 모르는 것이 괜찮으면 안 되잖아요.

적당한 거리 유지, 선을 넘지 않는 태도, 함께 주고받는 감정과 같은 것들이 관계를 오랫동안 건강하게 합니다. 더 이상 모든 것을 내어주고 아파하지 않기를. 상처받지 않기를. 사랑받기를.

부단 그대에게만 있는 일은 아닐 겁니다.
단지, 조금 더 잦고 깊을 뿐.

밀려들어온 오늘이 있으면,
쓸려 나가는 내일도 있겠죠.

잠시 하고 싶은 대로 해도 됩니다.
말하지 않아도 되고,
웃지 않아도 되고,
착하지 않아도 됩니다.

모두 그대의 몫이 아니란 걸.
꼭 그러지 않아도 되는 걸.
이미 너무 충분하다는 걸.
기억했으면 합니다.

- 허윤경 -

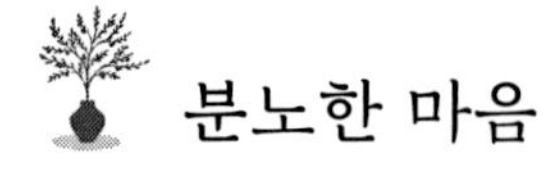

분노한 마음

대책 없이 내지르는 분노에는 불편이 서려 있습니다. 정리되지 못한 감정은 어떤 것에도 닿을 수가 없습니다. 그래서 참고, 또 참아냈겠죠. 그러지 못하면 결국 모든 화살이 다시 자신에게 향할 것을 모르지 않을 것이기에.

그럼에도 차오른 감정을 누르지 못해 흘려 버렸겠죠. 그저, 아프다는 말이었고, 상처가 된다는 뜻이었고 그만하라는 외침이었을 겁니다. 그 모든 것은 누구를 향함이 아닌 그대 자신을 지키기 위함이었을 것을 알고 있습니다.

언제까지 그럴 거냐는 눈빛에 기한이 정해진 일인지 묻고 싶을 것이고, 그만 좀 하라는 질책에 뭘 했는지 묻고 싶을 겁니다. 왜 그대를 상처 낸 칼은 여전히 그대를 향하고 있는 것인지, 그 칼자루를 쥐고 있는 손은 어째서 드러나지 않는 것인지 또다시 분노가 일겠죠.

무엇을 위해 인내하고 있는 건지 모를 겁니다. 누구를 위해 견뎌내야 하는지도 모르겠죠. 왜 이 고통 속에 그대 혼자 허우적대고 있는 것인지, 더 이상 버텨낼 힘이 없을 텐데 그렇게 속수무책일 수 없을 겁니다.

참, 무기력할 것 같습니다.

그대를 향한 칼끝에 매달려 있는 수많은 눈빛들이 말합니다. 맞서 싸울 용기도, 자신 탓이 아니라고 변명할 의지도 없는 겁쟁이라고. 그러면 뭘 어떡해야 하는지 묻고 싶겠죠. 그대를 비난하는 그들에게는 답이 있는지, 자신의 일이어도 정해진 답처럼 다 할 수 있는지.

그대 역시 답을 모르지 않을 텐데 그리할 수 없는 마음이 어떨지, 그것을 알고도 비난하는 것인지 안타까울 뿐입니다. 상처를 받아도 똑같이 할 수 없는 사람은 정해진 답으로 살아가지 못합니다. 그것은 그들을 배려함이 아닌, 그대 자신을 위함일 겁니다. 누군가를 같은 아픔과 상처 내는 사람으로 살고 싶지 않다는 그대 자신의 바람일 것이겠죠.

지금 일고 있는 그 분노를 어떻게 잠재울 수 있는지 모를 수 있습니다. 다만, 참아내는 것으로 끝내고 싶지는 않을 겁니다. 어떤 것으로든 알게 하고 싶겠죠. 너의 손에 쥐어진 그것이 나를 이리도 깊게 상처 내고 있다고. 아프다 소리 내지 않는다 해서 괜찮다 넘겨짚지 말라고. 누군가의 마음에 낸 상처는 결국 자신에게 돌아가게 되어 있다는 걸 기억하라고. 말하고 싶을 겁니다.

그저 그대에게 부당한 일들이 없기를, 그러함에서 끝끝내 지지 않고 버텨서 반드시 그들이 잘못이고 틀렸음을 보여줄 수 있게 되기를. 언제나 응원하고 기도하겠습니다.

그런 날도 있어요.

이유 없이 위로가 되는,
모든 것이 나를 위함인 것 같은,
아무런 걱정이 들지 않는,
뭐든 다 괜찮을 것 같은 그런 날.

- 허윤경 -

생각지 못한 날것의 위로

분명 내 마음인데 감당하기 버거운 날이 있습니다. 그저 멍하니 아무런 생각 없이 잠시 있고 싶을 때도 있습니다. 대개 그런 날은 아무런 말로도 위로가 되지 않을 확률이 높습니다. 그렇지만 그대는 아무 일 없는 듯 하루를 살아내야 할 겁니다.

그런 날, 그런 순간, 자연이 위로를 하기도 합니다. 그것은 때로, 상상 그 이상입니다. 그저 바람 소리인데, 바람에 부딪히는 풀잎 소리인데, 잠시 앉아 쉬는 새들의 지저귐일 뿐인데, 넋을 잃고 듣다 보면 문득, 위로가 됩니다.

나를 위함인 건 하나도 없지만 오로지 나만의 위로를 느낄 수 있습니다. 나뭇잎 흔들림에, 하늘 푸르름에, 새들 지저귐에, 바람 소리에, 마치 나만을 위한 것처럼, 온전히.

아무것도 하지 않음이 때로 가장 큰 위로가 되기도 합니다. 오늘을 살아내야 할 걱정, 누군가에게 무엇이라도 될 애씀 그리고 해결 못 할 수많은 고민들로부터 잠시만 멀어져 보세요. 어쩌면 그 잠깐이 더 오랜 시간 그대를 숨 쉬게 할지 모릅니다. 그대에게 그것이 절실하다면 꼭 그래야만 할 타이밍인 것 같습니다.

늦지 않도록 자신의 마음을 들여다볼 수 있기를.

때로, 깊게 알지 못함이 위로가 됩니다.

툭, 털어놓아도 괜찮을.

막, 울어 버려도 괜찮을.

딱, 그 정도 깊이에 머무를게요.

잠시 기대어 감정을 꺼내 놓아도 좋아요.

그대 이야기가 들릴

손수건 건네 줄

딱, 그 정도 거리에 있을게요.

- 허윤경 -

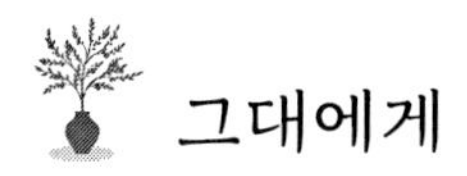

그대에게

그런 날이 있어요. 해도 해도 안 되는 날, 끝없이 불행이 들이닥치는 날, 세상 재앙이 모두 그대에게 온 것 같은 날. 그런 날들이 당분간 혹은, 몇 년간 지속될 수도 있어요. 견디는 내내 이겨내려고 발버둥 치다가, 벗어나 보려고 안간힘을 다하다가, 결국 지치게 될 수도 있습니다. 그래도 포기하지는 말아요.

끝까지는 가 봐야죠. 발버둥 친 만큼, 애를 쓴 만큼, 지쳤던 만큼 그 끝도 대단할지 모르잖아요. 그 끝을 마주하기 전에 놓아버리지 않기를 바랍니다. 물론, 쉽지 않은 일이겠지만 그래도, 그래서 가 볼만할 겁니다. 언제일지 모르는 그대의 끝에 뭐가 있을지 아직 모르잖아요.

지치면 잠시 쉬면서 가도 좋아요. 똑같을 거라고, 다를 게 없을 거라고 앞선 생각들로 가던 걸음을 멈추지 않으면 좋겠어요. 속도를 내지 않아도 돼요. 비가 오면 내리는 빗소리에 커피 한잔 음미하고, 눈이 오면 새하얀 세상 사진도 찍어가며, 무더운 여름 물놀이에 신이 난 아이들의 웃음소리도 들어가며 그렇게 살아보자고요.

누구 때문인지, 왜 나만 인지 그렇게 내가 만든 불행의 틀 안에 갇혀있지 말았으면 해요. 보는 대로 보아지고, 생각하는 대로 생각되고, 살려는 대로 살아지는 겁니다. 부디 하고 싶은 일을 하며 살아요. 지금을 멈춰 버리면 당장 무슨 일이 일어날 것 같지만, 그래서 아무것도 시작하지 못하겠지만 결국 그대가 멈추었어도 그리 큰일들은 일어나지 않아요.

물론 조금 불편하고, 조금 어렵고, 힘들 수는 있겠지만 그 모든 것들이 그대가 하고 싶었던 일을 접어야 할 이유가 되지는 못합니다. 그것을 인정하지 못하면 결국 그대는 아무것도 할 수 없을 거예요. 그대의 행복을 절대 포기하지 않길 바랍니다.

그것만큼은 어느 누구에게도 내어주지 말고 움켜쥐는 삶이기를.

에필로그

오늘도 아이는 품에 안겨 서럽도록 울었습니다. 해가 지기 전까지 참아왔던 설움이 아이의 모든 것을 뒤덮어 버린 듯했습니다. 어린 아가처럼 품을 파고들며 왜 눈물이 나오는지 모르겠다 합니다. 혹시 요즘 퇴근 시간이 늦어서 기다리는 게 힘들었냐 물으니 아이는 그제야 참았던 모든 걸 토해내며 울기 시작했습니다.

초등학교 3학년이지만 아직 엄마와의 분리를 불안해합니다. 4살 때, 나중에 알고 보니 문제 있었던 어린 집에 가기 싫다고 우는 아이를 억지로 화내며 들여보냈던 때부터 였을까요? 휴직 기간 매일 함께 있다 다시 이직을 하면서부터 였을까요? 엄마가 있어야 할 시간에 곁에 없으면 그 시간을 많이 힘들어하고 말하지 않은 채 홀로 견뎌내려고 합니다. 엄마가 일하는 시간이라는 것을, 병원에서 치료받고 있다는 것을 알기 때문이죠.

너무도 중요한 것이 많고 어느 것 하나 부족하고 싶지 않은 욕심으로 살지만, 그럼에도 그 중에서 가장 최선을 뽑는다면 엄마로 잘 살아내고 싶습니다. 완전히 내려놓지 못하는 자신을 조금 챙기려다 보면 아이는 엄마의 작은 공백도 온몸으로 느끼면서 외롭고 슬프지만, 엄마의 마음을 존중하려 했던 것 같습니다.

아이가 그렇게 품에 안겨 서럽게 울 때면, 힘껏 참아냈을 아이를 미안하고 고마운 마음이 느껴지도록 꼬옥 안아주며 들키지 않도록 함께 우는 일이 해줄 수 있는 전부입니다. 이런 순간을 마주할 때마다 이기적인 걸까? 또 다른 최선은 없을까? 생각이 많아지지만 지금까지 다른 답을 찾아내지 못했습니다.

어쩌면 아이는 제 자신을 찾아가는 일이 엄마를 빼앗기는 것쯤으로 여겨지는지도 모르겠습니다. 회사에서 일하는 시간 외에는 모든 것을 아이와 함께했으니 그럴 수도 있을 겁니다. 그럼에도 저는 글을 내려놓지 못했습니다. 언젠가 아이가 내 손이 필요하지 않아졌을 때 사라진 제 자신의 흔적을 찾아다니며 방황하고 싶지 않아서요. 자신을 지켜내는 엄마로 남고 싶어서요.

당장은 참아내는 것이 힘겹고 버겁겠지만 아이도 곧 느끼게 될 겁니다. 잃지 않고 지켜낸 엄마의 삶이 얼마나 중요했는지. 그것을 보고 자란 아이도 그렇게 살아갈 겁니다. 자신을 잃지 않으며.

그러니 이 책을 읽는 그대도 잃지 않으면 좋겠습니다. 육아도, 회사도, 알바도, 집안일도, 건강도, 물질도… 우리에게 지켜내야 할 너무 많은 이유가 따르기에 쉽지 않다는 것도 충분히 알 것 같습니다. 저 역시 같은 입장이지만 조금씩 멈추지 않았더니 이렇게 글을 쓰고 있습니다.

자신을 위해 작고 소소한 뭐라도 꼭 지켜내는 그대이기를, 자신을 사랑하며 살아가기를, 혼자 다 견뎌내지 않기를 진심으로 응원하고 바랍니다. 그대도 할 수 있습니다.

나의 눈물이 그대에게 가 닿기를

초판 1쇄 발행 2024년 5월 27일
초판 1쇄 인쇄 2024년 5월 27일

지은이 허윤경

디자인 포레스트 웨일
펴낸이 포레스트 웨일
펴낸곳 포레스트 웨일
출판등록 제2021-000014 호
주소 충남 아산시 아산로 103-17
전자우편 forestwhalepublish@naver.com

종이책 979-11-93963-10-4

작가님들과 함께 성장하는 출판사
포레스트 웨일입니다.
작가님들의 소중한 원고를 받고 있습니다.
forestwhalepublish@naver.com

허윤경 작가 인스타그램
@by_didi_heo